U0905595

拜谒士林

岁月深处

李里 著

重慶出版集团 重慶出版社

图书在版编目（CIP）数据
岁月深处. 拜谒士林 / 李里著. -- 重庆 : 重庆出版社, 2025. 5. -- ISBN 978-7-229-19121-4
Ⅰ. I267
中国国家版本馆CIP数据核字第2024RD2571号

岁月深处·拜谒士林
SUIYUE SHENCHU · BAIYE SHILIN
李 里 著

责任编辑：曾海龙 刘 丽
责任校对：杨 婧
封面设计：白砚川

重庆出版集团
重 庆 出 版 社 出版

重庆市南岸区南滨路 162 号 1 幢 邮政编码：400061 http://www.cqph.com
重庆升光电力印务有限公司印刷
重庆出版集团图书发行有限公司发行
邮购电话：023-61520646
全国新华书店经销

开本：890mm × 1240mm 1/32 印张：7.75 字数：240 千
2025 年 5 月第 1 版 2025 年 5 月第 1 次印刷
ISBN 978-7-229-19121-4
定价：59.00 元

如有印装质量问题，请向本集团图书发行有限公司调换：023-61520678

目录

序一

“高山仰止，景行行止”是广为传诵的经典名言。李里先生取“仰止高山”，又冠以“岁月深处”为书名，微言大义，身体力行。此书具有丰富深邃的内涵。景仰感恩、尊师重教、志存高远、见贤思齐、虚怀若谷、自强不息、继往开来、经世济民、薪火相传、生生不息，种种高尚情思悉在其中。

此书叙述了几十位教诲过李里先生、对他有重大影响的长者的真实故事。书中有海内外的国学大师、侨领、中医学家、养生达人、书法家、乡贤、遗老，等等。人物界别之广泛，事迹之感人，知识面之深广，十分罕见，弥足珍贵。每篇写一位人物，兼及相关名人。各自成篇，合为一册。弘扬国学、景仰感恩贯穿全书，把独立分散的篇章浑然融为一体。特殊的内容与形式，是此书的一大特色。

书中人物性格不同，信仰不同，事业不同，际遇不同，成就不同，但都具有爱国精神、家国情怀、热爱中华传统文化、年高德劭、身正学高、棱棱风骨的共同性。他们的思想、感情、学问、事业、生平际遇，都烙上了深深的历史印记。书中人物都有许多充满传奇色彩的人生经历和震撼人心的事迹。作者观察入微，细腻朴素、精练传神、妙趣横生的描写，深深吸引读者，令读者或肃然起敬，拍案叫绝，欢呼雀跃；或为之黯然神伤，感慨唏嘘，潸然泪下，启发读者对宇宙、社会、人生、学问等问题的严肃思考。

纵观此书，作者寻师请益，各界长者的道德文章与多姿多彩、曲折起伏的生平事迹浮现在我们眼前。时代风云、文化思潮、社会面貌、众生百态，历历在目。此书表现了特定历史时期现实生活的一个侧面，是包罗万象的缩影，具有颇高的认识价值、史料价值与审美价值。

书中以国学大师季羡林为首的众多硕学、长者，对国学、艺术、医术等领域，有许多真知灼见，充满哲理，充满睿智，充满人性的光辉，对我们如何做人、做学问具有重要的启迪和指导作用。阅读鉴赏此书，发掘书中自己需要的宝藏，并将其化为自己的精神营养，可充实提高自己，激励我们，在新时代建功立业，完成他们未竟的事业。这应是我们读此书的主旨，也是作者与出版社的初衷。

善歌者使人继其声，善教者使人继其志。李里先生创办公益传薪书院，弘扬国学，继往开来，传道授业解惑，使学生如沐春风，真是功德无量。书中多位硕学常到书院讲学，令学子大开眼界，受益终身。书院除开班讲授国学外，还办院报《国学蒙正》，开展祭孔、游学等多种活动。十年来，成绩斐然，硕果累累，培育了大批国学人才，传薪学子遍布全国各地。重庆传薪学子众多。他们成立读书会，学习宣扬国学。他们敬老爱老，尊称我为“太老师”，我则视他们为学友。以文会友，以友辅仁。奇文共赏，疑义相析。亦师亦友，忘年之交。

此书具体而生动地表现了李里先生志存高远、脚踏实地、历经艰难、励志成长的过程。他由一个普通中学生，坚持自学，寻师请益，焚膏继晷，好学深思，著书讲学，创建书院，终于成为誉满全国的青年国学学者。国学大师王国维在《人间词话》中说，古今之成大事业、大学问者必须经过三种境界，李里先生正是从这三种境界走过来的。事业无止境，学问无止境，志无尽量，酬无尽时。“路漫漫其修远兮，吾将上下而求索。”李里先生一定会继续在更加宽阔的发展道路上前行。

此书可视为李里先生的小传与励志故事。天道酬勤，天道与善。青春由磨砺而出彩，人生因奋斗而升华。这些经典语言，正是李里先生的真实写照。先生的励志故事与成功之路，对广大读者特别是青年，具有启迪意义。胡适有本自传体的书《四十自述》，本书亦可视为李里先生的《四十自述》。冰心曾说：“人生从八十开始。”李里先生还是青年，来日方长，前途无量。希望李里先生与传薪书院学子秉承儒家自强不息、日新又新的精神，与时俱进，把弘扬优秀传统文化和发展现实文化有机统一起来，紧密结合起来，在继承中创新，在发展中创新，为弘扬中华优秀传统文化，为实现中华民族伟大复兴作出重要贡献。其实，我这希望正与李里先生所崇敬的北宋大儒张横渠说的“为天地立心，为生民立命，为往圣继绝学，为万世开太平”

的伟大理想是相通的。

二十多年前，我曾是李里先生的老师。他对我十分恭敬，称我对他的成长影响很大，师恩似海，执弟子礼甚恭。谦谦君子，卑以自牧。深情如山，催我前进。他写的《新文学先生》列入《仰止高山》一书中，令我感愧交并。薪火相传，生生不息，又令我欣慰鼓舞。青蓝冰水，英才奇士，他在很多方面都值得我学习。屈原《橘颂》歌咏的“嗟尔幼志，有以异兮；独立不迁，岂不可喜兮！”“苏世独立，横而不流兮”，“年岁虽少，可师长兮；行比伯夷，置以为像兮”，正表现了我对李里先生的倾慕与期望。最后，殷勤寄语：

博学、审问、慎思、明辨、笃行，乃中华优秀传统文化之精华，为学治事之大本。九十七岁叟愿与传薪书院学子及本书读者共勉共守，发扬而光大之。

尹从华，时年九十七岁

二零二零年五月于重庆大学城重师苑中

序二

外孙李里的这部书即将付梓。书中写了许多老先生的感人事迹，看后深受教育，令人永志不忘。老先生们都是爱国敬业、德高望重、博学鸿词、关爱后进的学者大家、大德硕儒。他们热情接待李里，关怀李里的成长。这些老先生中很多我都认识，有的还是我的亲友、同学，以前也曾常相往来。李里幼时聆听了他们的交谈，似懂非懂地听到了一些国学知识，从而启发了他学国学的兴趣，喜欢与老先生们亲近，后来就远道求师。

首先是李里对季羡林先生的拜访，颇具传奇色彩。李里从重庆到北京三次拜访季老，头两次因季老回乡祭祖未能见面，第三次登门拜访时，李里终于见到了学贯中西、经纶满腹的学界泰斗季老先生。约定五分钟的谈话时间，结果谈了十倍的时间。季老对一个名不见经传的青年学子热情接待，谆谆教导，嘱咐李里做学问要坚持不懈，并应允为李里的书作指导，临别时留下了他的地址。后来寄来了“天道酬勤”的题字，教之奋发，促之向前，令人感佩不已。

对硕德博学的世纪学人侯仁之老先生的造访，更是机缘巧合。寻师途中李里无意间巧遇侯老，喜出望外。后来在与侯老的几次接触中，侯老总是那么谦和有礼，热情洋溢，让李里倍感温暖。侯老将平生对祖国的热爱都投入到对首都北京的研究和保护宣传中。他曾被捕入狱，在狱中坚决与日寇作斗争。在海外得知祖国解放的消息后，他赶回祖国，参加了开国大典。李里深受教益。

拜见国学泰斗张岱年先生时，张老已九十四岁高龄，患有严重气管炎。他仁爱诚厚，虽体弱耳背，但思维清晰。问学国学最重要的是什么？张老答是读经。张老不顾自己年高体弱，知无不言，答疑解惑。老先生这样礼遇后学，使李里无比感动与崇敬。

被誉为当代颜回的国学家、文字学家杜道生老先生，我也多次随李里拜访过。他博学多能，很多经史大著都能全文背诵，为人谦和朴实，道德高尚，以特立独行的人生态度捍卫着古圣先贤的情怀，几十年如一日地过着俭朴生活。他治学严谨，身居陋室，孜孜不倦地在书中遨游。他关爱后进，诲人不倦，虽已高龄，还用毛笔小楷抄古书复印送人。虽至期颐之年，仍登台授课，弘扬传统文化，为往圣继绝学。

何世森老先生，我年少时的同窗，这是李里幼年最早见到的老先生，成年后仍经常见面。何老博学多能，古文根底深厚，为人正直，嫉恶如仇。在遂宁师范学校读书时，曾为反对校长贪污，反对军事教官与训育主任的法西斯教育，带头闹学潮，驱赶军事教官和校长，几乎被捕，后化装成工人，逃往他乡。数年后返重庆教书。李里有幸与他经常接触，聆听他讲古文，接触了《论语》，开启了李里学国学的兴趣。

周汝森老先生，我同窗好友的丈夫，李里初见他时才十一岁，就听过周老讲诗词古文，当时似懂非懂。再见到老先生时，感到他的国学根底深厚，就常向他请教。周老教育李里对古文要读得多，要精读一部古人的著作，如《孟子》《庄子》《昭明文选》等。应学会作对联、古诗、词曲、古文，才算文学上的通才。周老还将他主编的《南桥诗钞》送给李里。

李仲耕老先生是我的堂姨父，李里的堂姨祖公。他是位老教育家，博学多才，长期从事教育工作，为人敦仁豁达，深切关爱晚辈。他教育李里做学问要坚持不懈，勤于耕耘，待人要宽厚诚恳，治学要博与精，学有所成，应为国家民族作贡献。李老在病榻上还谆谆教诲李里。他不但自己关爱后辈，还介绍良师给李里，刘知渐老先生就是李老介绍的。

刘知渐老先生也是一位有很高造诣的学者。李里与他相见时，他已是八十高龄的老人了。我读大学时，刘老先生也曾给我们讲过文学史。他接待李里非常热情，对国家民族的前途异常关心。他教李里作古文诗对，强调治学要融会贯通，写毛笔字要靠功力，应将所学与国家民族的命运联系起来，这些都深深印在李里心底。

尹从华老先生渊博的学识、惊人的记忆力实属罕见。他讲课不用讲稿，只用一支粉笔。讲课时引经据典，倒背如流，讲课生动感人，用不同的语调，不同的情感，讲不同作家的作品，引人入胜。讲《围城》时，学生有备而来，随便在书上选一段要尹老师背，尹老从容不迫地背出，收获了全场经久不息的掌声。尹老在人生路上历尽坎坷，经受住了考验，迎来晚晴。爱国敬业奉献是他的人生信条，他对学生热爱关心，虽已耄耋高龄，还诲人不倦，李里后来的讲课风格就是从尹老那里学来的。

叶曼老师是一位博学的女国学大师，年近百岁，精通儒、释、道文化，是一位充满传奇色彩的世纪女性。一生走遍世界各地，九十岁后回国，在北京成立文贤书院，每周定时为大家讲课。她说中华文化一定会全面复兴，中华民族一定能引领世界。她中年以后，一直在为中华文化的弘扬而努力。九十九岁高龄时，还信守诺言到成都三圣花乡李里办的传薪书院讲学，受到传薪书院师生的热烈欢迎和深深崇敬！

李炽昌老先生是中华传统文化培养出来的优秀人才，也是怀有共产主义理想的读书人代表。他不仅学识渊博，国学功底深厚，更体现了这一代知识分子坚持真理、无私奉献，将个人生死置之度外，对国家民族无限忠诚的崇高品格。他与李里每次会晤，既要讨论如何学国学，更要谈学有所得如何奉献于国家民族，李里受益良多。

博学的刘克生老先生，境界高远，学问浩瀚，诗文造诣极高，经史子集无所不通，有深厚的经学根基，对诸子百家之学也作过专门研究，写出了几十万字的《子学概论》。他谦逊平和，虽饱经忧患，仍以平常心对待。改革开放后得到极大尊重，任家乡政协委员，仍以老迈之力编写县志，直到去世。他的遗著，已由他的儿子整理成册付梓。

总的说来，这些学界泰斗、儒门大德、隐士高人都有共同的特点。他们仁爱谦逊，都以其爱国爱民的热忱、崇高的人格、渊博的学识、深邃的思想、不随流俗的人生境界，教育后学，关爱后学，用无声的语言影响后学，其中不少成了李里的忘年交。榜样的力量是无穷的。李里深受熏陶，始能不断成长，也激励后学向学术高岸攀登，为发扬光大祖国的学术宝藏奋力前进。李里撰写这部书，既为感谢和纪念健在或已仙逝的老先生们，使他们的渊博学识永放光彩，使他们的高大形象长留人间，同时也起到一个继绝传薪的作用！

九十七岁苏应萱二零二零年避疫于外孙李里什邡红庐家中

（去世前三月定稿）

自序

“子在川上曰：‘逝者如斯夫！不舍昼夜。’”朱熹认为这句话是孔子见道之语。果然是见道之言，深邃永恒，穿越古今，让人读到，似被重重一击，霎时感到光阴的威力。无情的光阴，总是让人猝不及防，无能为力，它会在悄无声息间改变许多东西，也会在悄无声息间偷走许多东西。

文字的魅力在于教人不再畏惧光阴的残酷和时光的偷窃。她可以记下所有你不愿改变和自认为珍贵的东西，且一经记下，便如释重负，再也不用担忧心中的珍宝在时光的流淌中消逝，在记忆的长河中被遗忘。

我也不能例外地在光阴的流逝中老去，冷不丁已到了将近知天命之年，许多曾经自己最珍视的经历都逐渐退到了岁月的深处，由清晰变得模糊，由完整变得支离。而我的这些最珍视的过往，往往皆与老人有关，这确实出于我自幼便喜爱老人的缘故。

我喜爱老人是从记事以来便如此。但凡老人，我即有别样的亲切与喜爱，年岁越长的，心肠越善的，道德越高的，学问越大的，经历越丰富的，我就越喜爱。这便渐渐成了我喜欢老人的准绳。

因为喜欢，自然就愿与之交往，既然交往则有诸多交往的故事。与每个老人交往的感人故事，便形成众多珍贵的记忆片段。这些记忆片段一直珍藏在心中，并总想在因缘相应时一一写出，永久保存。

从小到大，我几乎没有同龄的朋友，喜欢交往的大抵全是老人。这些老人，有亲人，有邻居，有外祖父母的老友，有师长，有特意去拜访的，有在生活的不同地方遇到的。他们或在社会底层，或在偏远乡村，或在都市陋巷，或没文化，或孤寡，或为老农，或为职员，或为收破烂者，或为大学者名教授，或为高僧大德，或为隐士哲人，或为乡贤遗老。各种老人前后交往不下百人。

这众多的老人，无论他们有无学识，地位高低，都或多或少打下了旧时代的烙印，保留了很多新时代早已不再的礼节、习俗、语言、认知、情感，而这正是信而好古的我所最喜爱的。记下这些，也是一种文化的传承。至于他们各异的命运、不同的悲欢与这命运悲欢背后所彰显的生命力量、人性光辉，更让我常有不吐不快、必须写出的冲动。

在这冲动的驱使下，我逐渐在百忙的工作中挤时间写成一篇又一篇文章。先写成的一组，则是我前面所说的年高德劭、学问渊博的老人，他们大多是学者名贤。本准备将这些文章汇成《岁月深处》的第一卷，然而这些被中国文化所熏陶的老人，他们的生命内涵实在太丰厚了，每记一位，必是几千上万字，几十位老人写下来，则近五十万字。出版社建议可分别出版，则有了现在的“岁月深处”系列。

这些文章从最早提笔到增补修改定稿，再到今日即将出版，前后历时二十年。《仰止高山》的十一篇文章所记述的十余位老人，都是在我青少年求学阶段对我教诲影响最大、在我心中有着最深情感地位的老先生。《拜谒士林》的十三篇文章所记述的近二十位老人，或仅有拜谒之缘，或交往不多，或情感略浅，或学问造诣不及《仰止高山》中之老人，但都有感人至深的地方，不可忘怀。

两书所记的老人绝大多数都在八十岁以上。《仰止高山》中的老人除我的新文学先生尹从华先生以一百零一岁高寿还健在外，其余已全部去世。尹老不仅在世，还依然神清气爽，精神矍铄，声音洪亮，每次无论谁去看望他，他都要坚持到九层楼下目送客人远去。何其荣幸之至，《仰止高山》的序，就是尹从华先生九十七岁时所作。《拜谒士林》中，仿佛也仅北大名学者、年近望九的钱理群先生及香港孔教学院院长汤恩佳先生尚健在。

当我提笔写起每位老人的时候，一位位先后作古的老人便好像从岁月深处远远走来，从模糊到清晰，一个个记忆的片段从心中源源不断地涌出。写作的过程常常伴随着强烈的情感起伏，然后这情感化成涓涓细流般的文字，把我心中想说的话说尽。当一篇篇文章写完，一位位老人又仿佛依依不舍地缓缓离去，再回到依稀朦胧的岁月深处。几十篇文章的写作，就是这样的心路。

书稿的完成，也只是写了与我交往中那些德高望重、饱学年长的老人，还有很多普通平凡甚至地位卑微的老人。他们还在我的写作过程中，把这些老人写完，恐怕又有几卷。越写越觉得自己“岁月深处”这个名取得好，这个系列里不仅可以有老人，还可以有我过去生命中一切以为珍贵的东西：与我有着深厚情谊的众多亲人、邻居、学生，我那些最喜欢读的书，我旅经的千山万水，我救养过的不计其数的生灵，我搬迁了数次的传薪书院，我兴修的个个庄严典雅的儒祠，我与戏班的故事，以及其他以后还将不断退到岁月深处的人和事，似乎难有绝期。这样的写作，恐怕会延续到我生命的尽头了吧！虽然这样，我却乐此不疲。套用严寄石老人的话说，真是生命不息，“岁月深处”写作不止。

最后特别要感谢为拙著写序的尹从华先生与我的外祖母。九十七岁的尹老听闻我求序的请求，便命人将所有文章发给他。他读完后欣然命笔，写成文采斐然的大作。九十六岁的外祖母与家母家父同到我家过年，因疫情突发，在我家困聚了月余。她每天戴着老花镜认真读原文，摘抄，然后写成长长一篇序。她临走时，把手写的工整娟秀的序稿交给我，没想到这年秋天外祖母就与世长辞，这篇文章竟成了外祖母与我的永远告别。写到这里，我已止不住泪涌而出。外祖母的这篇序也成了“岁月深处”里的珍宝。七十五岁家母写的后记，一改昔日的文风，简洁洗练，深沉厚重，极富文采，我同样视若珍宝，亦铭感曷深。

在疫情中坚持阅读拙著，写出精彩读后感的几多传薪学子；排除重重困难，倾注深情为拙著打字，十余年间一直帮助我录入拙著的王采莲女士；为出版拙著前后操劳的胡晓慧女士和重庆出版社诸位编辑，在此我一并表达深深的感激！其中的丰富故事，定会在“岁月深处”系列的其他文章中详细描绘，兹不赘述。

书稿是一篇篇散文，是一段段感人的故事，是一条条珍贵的史料，是一颗颗学问的珍珠，是淹没在岁月深处的绚烂、丰厚、崇高、善良、美好、悲悯与人间温情。愿以此拙著与读者诸君广结善缘，同沐熏风。

二零二四年夏七月李里于江苏常州讲学之途

龙学泰斗

——回忆著名学者九十五岁杨明照先生

季羡林先生推荐我去拜访杨明照先生，我是一定不会放过这个宝贵机会的。

对杨明照先生的向往由来已久。在故乡重庆读中学的时候，便听我最尊敬的国文老师讲过成都的四川大学有一位研究《文心雕龙》的权威杨明照老先生，那时才十二三岁的我就想有朝一日一定要去拜访这位老学者。为何小小年纪的我听闻杨先生便想去拜谒呢？是因中学语文课本中出现了《文心雕龙》这部书的书名，课文下边的注释特别解释了这部书是中国古代最伟大的文学理论著作，又听博学的国文先生在课堂上不经意地简要介绍了这部以骈句写成的文采飞扬的五十篇文论巨著，从小就热爱中华传统文化的我，自然对《文心雕龙》生起了极大的兴趣，盼望买到此书，诵读此书。

心中有了这种愿望，已喜欢逛书店买书的我就迫切寻觅。可经久未得，然而看到好书就很想买。没买到《文心雕龙》，却在新华书店买了不少其他的新书。像中华书局出版的二十本一套的《资治通鉴》、花城出版社出版的六本一套的《钱锺书论学文选》、上海古籍出版社出版的十卷本一套的《诗余全编》、岳麓书社出版的单行本《曾国藩家书》和一些新文学作家的名著。那时买书很不容易，年纪小，口袋里没有钱，只有克扣饭钱去买。

我想出一个绝妙办法，每天中午在学校食堂打饭时，总是最后一个去，等别人都打完了，食堂就只余些残羹剩菜，这时打饭的老师就会怜惜地要么收我很少的钱，要么不收钱。这样日积月累，一两年时间我竟攒了两百多元钱。上面那些书就是用这些好不容易积攒下来的钱买的，所以每部书的价格我都记得一清二楚：《资治通鉴》五十八元二毛、《钱锺书论学文选》四十七元六毛五、《诗余全编》六十元整。现在想来真是太便宜了，但对于那时的我却是天价。我还嫌新书贵，很喜欢去古旧书店买便宜的旧书。没想到寻觅了许久的《文心雕龙》，竟在古旧书店意外发现，还是线装版的，卖价才一元二毛钱。我简直欣喜若狂，当即买下，还兴奋地专门把这部书拿到学堂给国文先生看。先生很是夸赞我会买书，以后还将这件事写进了给我文章作的序中。正是国文先生看了我买的这部《文心雕龙》，才给我说起研究《文心雕龙》的专家杨明照先生的。

得到这部线装本《文心雕龙》后，我就爱不释手、兴趣盎然地读起来。自己那时的水平大抵是读不懂的，但书中的很多篇名倒是记得烂熟了，真是可以张口就来。虽然词义大多不解，却非常喜欢骈俪对偶、辞采飞扬的文句，经常抱起来在自家的老院子里，来回踱步、大声诵读，不知不觉间一些动人的句子竟也积累在胸。时不时回味咀嚼，如“观山则情满于山，观海则意溢于海”“积学以储宝，酌理以富才”“情动而言形，理发而文现”“操千曲而晓音，观千剑而识器”“寂然凝虑，思接千载；悄焉动容，视通万里”“吟咏之间，吐纳珠玉之声；眉睫之前，卷舒风云之色”“百姓之群居，苦纷杂而莫显；君子之处世，疾名德之不章”“繁采寡情，味之必厌”“文果载心，余心有寄”等，深觉其味无穷。

我中学时读外祖父的《六朝文絜》而产生的对骈文的喜爱，在吟诵《文心雕龙》的辞句中更加强烈了。多少年后别人请我题字，我很爱题的“积学储宝”也就出于《文心雕龙》。在得到《文心雕龙》前，我就常翻母亲读电大时的一本教材《中国古代文体论》来看，对古代记、传、碑、铭、箴、诔、哀、吊、书、表、奏、议、赞、诏、策、檄等众多古代文体极感兴趣，而《文心雕龙》更把这些文体分为三十七类，将其源流特征讲得清楚详细，即使自己读不太懂，也倍觉兴味十足。

因对《文心雕龙》的热衷，当然听说有研究《文心雕龙》的大学者，就想去拜访。不过对于少年的我，那只是一个遥远的愿望，但当遇到季羡林先生的推荐后，这个愿望便不再遥远。不过在季羡林先生推荐以前，我已对《文心雕龙》和杨明照先生有了远不同于少年时的了解。

我中学毕业后自考文学时，就特别对和《文心雕龙》相关的《中国古代文论选》这门课情有独钟，像曹丕的《典论·论文》、陆机的《文赋》、钟嵘的《诗品序》、《文心雕龙》的一些篇章及陈子昂、白居易、司空图、金圣叹的诸多文论，我都能熟读成诵。

更熟知了《文心雕龙》为南朝梁代文学理论家刘勰所撰。刘勰字彦和，山东人，终身不婚娶，居南京定林寺读书治学，与当时著名高僧僧祐交厚，后为昭明太子萧统的东宫舍人，撰成《文心雕龙》，得文坛领袖沈约推举而名满天下。昭明太子去世，刘勰出家为僧，法名慧地，一年后去世。《文心雕龙》共三万七千多字，与《孟子》的字数相差无几，是继中国第一二篇文学理论文章曹丕的《典论·论文》、陆机的《文赋》之后一部完整的文学理论专著。其书五十篇，分为总论、文体论、创作论、批评论四部分，体大思精、笼罩群言，是中国古代文学理论集大成的宝典，历来研究不绝。

特别到了民国初年，国学大师章太炎先生的大弟子黄侃先生著了一本《文心雕龙札记》，标志着现代专门研究《文心雕龙》的龙学出现。龙学在现代学术的研究上是与红学、楚辞学、敦煌学、易学等齐名的中外共同研究的显学，研究专著达两千万字之多。杨明照先生正是被学界公认的龙学研究泰斗。杨先生生于清宣统元年（一九零九年），四川大足人，毕生致力于《文心雕龙》及其他古文献的研究，治学以严谨精深著称。三十年代完成的近四十万字《文心雕龙校注》和后来六十余万字《文心雕龙校注拾遗》两部皇皇巨著成为龙学研究中具有划时代意义的伟大成果。

在见到杨明照先生的数月前，我还买到厚厚一部《世纪学人·百年影像》的图书。书中收录的全是中国近百年来的著名大学者，每人一幅年轻时的小照片，一幅晚年的大照片，一幅题辞手稿，另附简明扼要的生平、成就及著作介绍。我后来陆续寻访拜会过的钟敬文先生、季羡林先生、张岱年先生、林庚先生、文怀沙先生、冯其庸先生都收录其中。杨明照先生当然少不了，先生容颜饱满，满脸白得发亮的髯须长长地垂到胸前，目光安详深邃地望着远方，与国学大师马一浮先生的形容颇为相似，很有些圣贤气象。杨先生的题辞工整娟秀，内容是："知也无涯，学不可已。枕经籍书，多历年纪。校里旧文，焚膏继晷。毋怠毋荒，功沿渐靡。老有所为，庶寡过矣。"

后来才知道杨先生的这段题辞，其实就是对他一生治学历程和为学精神的写照。见了这透着圣贤气象的照片与厚重娟秀的题辞，我更迫切地想求见杨明照先生。

从北京拜谒季羡林先生回故乡，便盼着去求见杨明照先生。趁着工作无着，赋闲在家的空暇，赶紧从故乡重庆又到了一次成都，专程去四川大学寻访。

因杨明照先生的大名，很快就问到了四川大学专家院的住家。到专家楼二楼杨明照先生的门前时，杨先生的屋门是虚掩着的。应敲门声来开门的是杨先生的老伴。

杨先生的老伴一身书卷气，非常清瘦，似乎还有些病，看上去颇虚弱。老夫人很礼貌地说家里先前有客来，所以门是开着的，杨先生在书房里会客，叫我坐在客厅里等一等，又说自己身体不好，非常抱歉不能作陪，就先回卧室了。

后来我才知道，杨先生的老伴叫徐孝莹，也是书香门第出身，非常贤惠，一生就在家里照顾杨先生的饮食起居，没有到外边做过任何工作。

我在等待的过程中，将杨先生的客厅细细看了一遍。杨先生的客厅除了两套会客用的木沙发，其余大多是镶着玻璃的暗红色漆木书柜，柜里全是一摞一摞发黄的线装书。我见过的众多饱学老先生中，收藏线装书最多的就是杨明照先生和季羡林先生。杨先生家的客厅中，除了醒目的线装书外，颇为特别的就是有好多个花架。每个花架上都摆放着一盆盆郁郁葱葱的花木，花木一直连到客厅外的阳台上。阳台的花木就更多了，几乎将阳台占满。家里有这样多的花木，在我见过的所有老先生中还是仅见的。以后我还从其他书上看到杨先生站在阳台花丛中快乐浇水的照片。

我正在欣赏杨先生的各种花木时，杨先生便从书房送客人出来，直到门外。时令正是夏末，但天气还很热。个子不高、有些胖的杨先生仅穿了件白色的汗衫和灰色的短裤，最显眼的仍是他那把满脸白得发亮的长长胡须。杨先生的大胡须是典型的络腮胡，杨先生也是典型的美髯翁。杨先生看起来很健朗，但走路却显得有些老态，蹒跚而行。

等客人走了，我赶快上去扶着走路蹒跚的杨先生，恭恭敬敬说明来由，杨先生也请我到书房说话。一进杨先生书房，满眼所见即是装满线装书的两壁书柜，再是靠在屋正中窗前的老式铜环黑漆木书桌。书桌前有一把民国时期的木制黑漆转椅，书房的另一头是杨先生睡的一张单人木床。书房中也放了好几盆花木。杨先生在木转椅上坐定，请我坐在他书桌旁边的木椅上。

杨先生耳朵有些背了，我必须大声说话他才听得清楚，不过杨先生的声音却很洪亮。得知我是季羡林先生推荐来的，杨先生用洪亮的声音，爽朗地笑着说："我最敬佩两个人，一个是钱锺书，一个是季羡林，但他们都比我小两岁。季先生才九十岁，我九十二了。我和季先生以前经常在开会中碰到，他最喜欢和我一起坐，现在我们都老了，各居南北，难得一见。"

我向杨先生请教他研究《文心雕龙》的方法。杨先生热情地告诉我，他从二十二岁开始关注《文心雕龙》，前后研究了六十余年，自己总结的研究心得有五条：第一，要熟读成诵，尽量多背，熟练掌握原文才能深刻理解文义，熟悉全书的内容、结构、用语习惯，进而融会贯通，为学会写作和进一步研究打下坚实的基础；第二，要广泛收集材料，校对不同版本，只有全面对比不同版本，才能发现问题，引起思考，发前人所未发，解决书中的各种疑难；第三，要翻检各种类书，在类书中去考察许多原文的阙佚。唐宋类书和明清类书都要注意；第四，要尽量涉猎《文心雕龙》和刘勰的相关典籍，才能触类旁通，更准确地把握历史背景和理解作者的真实思想感情；第五，要勤于动笔，随手抄录，要将前面研究中相关的资料多多摘写。

说完，杨先生还特别补充说，他这一套研究《文心雕龙》的方法，其实就是清代乾嘉考据学派的方法。我心中无比欢悦，真有夫子门人陈亢“闻一得三”之喜。既听到了龙学泰斗杨明照先生一生研究《文心雕龙》的宝贵经验，又获得了学习《文心雕龙》的门径，还了解了乾嘉考据学派的治学方法。我再要请教时，杨先生就从书架上拿了一本名为《岁久弥光的龙学家·杨明照先生在文心雕龙学上的贡献》的书送我，说是台湾师范大学国文系、国文研究所的王更生教授写的研究他的“龙学”的专著，让我回去仔细读一读，关于他研究《文心雕龙》的问题都在其中了。

九十二岁的杨先生很爱抽烟，和我攀谈时手指缝里一直夹着一支烟，说完一句话，就在木转椅上微微一转，背过我抽一口烟，抽了又转回来对我继续讲。一支抽完了又自己点燃火柴抽第二支。杨先生点燃一支烟后又用洪亮的声音讲，《文心雕龙》他研究了大半辈了，他晚年更大的兴趣在道家的研究上。这时杨先生又用夹着纸烟的手指着书桌前的窗外说，这个窗子的对面住的是四川大学道教研究的专家卿希泰先生。杨先生哈哈笑起来，颇自豪地说，卿先生研究道教，还比他年轻多了，身体远没有他好。

接着杨先生便开始大谈道家与养生之道。杨先生讲，古来的道士为了长寿大多都要服食丹药，结果越吃丹药越短命。明朝的皇帝相信道教，也大量服食丹药，结果也短命的多，原因是丹药里有一种烧不化的东西就是汞。汞即是水银，水银是有毒的，长久服食必然慢性中毒而死。

他九十二岁了还身体康健，有三个养生秘诀：一是泡脚，一是打坐，一是梳头。杨先生兴趣盎然地讲，泡脚是最好的养生方法，脚上有几十个穴位，可以反射到全身，早晚泡脚当吃副补药，他晚年一直坚持早晚泡脚半个小时；打坐是跟他的老师郭绍虞先生学的，郭先生就是每天中午打坐，既修身又养心，坚持了几十年，活了九十多岁。他也效法郭先生每天中午静坐一个钟点；梳头是东坡居士的养生大法，东坡居士就是每天用十指从脑门心到后脑勺反复梳理头发，其实就是对头皮的按摩。说着杨先生就丢下烟，用两手在光秃的头顶上给我梳理示范，还笑着说苏大学士的这个养生方法他也用了好多年了，简单方便，随时随地都可以实行。还让我跟他一起用两手梳头。边梳还边说："感觉如何，很舒服吧？舒服就要坚持，回去没事就多梳梳，延年益寿哦！"

停罢，杨先生又说，两年前他出版了一本八十万字的《抱朴子外编》。这部书他先后研究和写作了四十多年。抱朴子就是两晋最有名的道士葛洪。他是一位学问渊弘的学者，不仅通晓治国平天下、文学艺术，还精通神仙方术、医药养生之道。他自己对养生的兴趣最早就始于对《抱朴子》的研究，而且他一生喜爱花木，也是从《抱朴子》中获得的启发。他还说："花木是天地之秀气，自然之精灵，随时与花木同在，即是与自然同体。"杨先生给我讲的这些养生的学问和道理，以后和我研习的中医理论结合起来，不仅自己践行，获得受益，还经常在讲学中阐发。关于泡脚的方法更是教给了我的历届学生，我的学生中到现在还有很多是坚持每天泡脚的。

杨先生还讲他暮年有两个愿望：一个是活到一百岁看二零零八年中国的奥运会，二是活到一百二十岁再给《昭明文选》作一部注释。但他就是活到一百二十岁，也来日无多了，何况老天未必会让他活到一百二十岁，所以他天天都在争分夺秒，每天都是凌晨三点钟起床，起床就开始打腹稿，天一亮就开始写作。听到杨先生讲这段话，我心里异常感动，一位九十二岁名满天下的大学者还这样勤奋用功，为往圣继绝学只争朝夕，怎教人不无比崇敬！崇敬之余，我也暗下决心，在以后的治学路上应该以杨先生为楷模，更加勤奋精进。

我因听到杨先生讲他向郭绍虞先生学得静坐之道，便很感兴趣。因为先前学习的文学系教材《中国文学批评史》《中国历代文论选》，就是郭绍虞先生编著的，知道郭绍虞先生不仅是中国文学批评史的奠基人，更是民国时期与茅盾、叶圣陶、王统照、郑振铎、许地山等诸先生一起发起组建文学研究会的重要人物。于是我向杨先生询问师从郭绍虞先生的情况。杨先生很健谈，因我这问，就顺便讲起了他的大致经历。

杨先生吸了两口烟，爽朗而自得地说他的一生很简单，就做了三件事：读书、教书、写书。读书读了二十四年，教书教了五十六年，写书写到现在已近七十年。接着说他从六岁跟随一边行医一边教私塾的父亲启蒙读书，读到三十岁研究生毕业。

其间先后读了大足简易师范、重庆大学国文系、四川大学国文系，最后考取燕京大学研究院国文部。考燕京大学时，外语只考了二十五分，按理是去不了的，就是郭绍虞先生和陆侃如先生看他国文试卷极为出色，力主录取的。

说到这里，杨先生问我知不知道陆侃如先生，我答略有所知，是著名古典文学学者，他和夫人冯沅君先生共著过有名的《中国诗史》。冯沅君先生是冯友兰先生的亲妹妹，原名冯恭兰，曾是民国时期创造社的女作家。杨先生笑了一下，又接着说，在燕京大学时，郭绍虞先生对他研究《文心雕龙》的指导最多。郭绍虞先生讲的治学心法对他一生的治学都产生了深远影响。

这个治学心法就是治学靠二性：记性和悟性。有记性才能积累学问，有悟性才能思辨学问。没有记性不能继承，没有悟性不能创新。听到杨先生讲述他的先生对治学的教导，让我大喜过望，觉得总结得太精要了。平时自己虽也这样在做，但并没有自觉的意识。一时听到了这样高明的归纳，当即决定要把这句话作为自己治学的座右铭。

杨先生讲他二十二岁在重庆大学国文系读书时开始研究《文心雕龙》，直到三十岁在燕京大学研究院毕业时写成《文心雕龙校注》。他在燕京大学毕业后留校教书，后又辗转在几所大学教书，直教到近九十岁。在四川大学教书的时间最长，从三十七岁教到八十七岁退休，整整教了半个世纪。

说完，杨先生又说，他一生热爱体育，就是受了郭绍虞先生的影响，郭绍虞先生不仅研究文史，也研究体育，因为郭绍虞先生觉得，要改变清末中国人“东亚病夫”的惨状，必须强身健体，参加体育锻炼，由此还专门写了一本《中国体育史》相鼓吹。所以杨先生年轻时喜欢打篮球、踢足球，中年以后一直在川大每天坚持长跑，现在还精力充沛，都是郭绍虞先生的敦勉所致。杨先生还讲他能有饱满的精神长期研究学问，跟他坚持锻炼、注意养生有密切关系。说到这里，杨先生又深深地吸了口烟，最后讲他的书房叫“学不已斋”，就是生也有涯，学也无涯，生命不止，治学不已的意思。他的一部文集就叫《学不已斋杂著》。

长髯拂胸、声音洪亮的杨明照先生侃侃而谈，我兴致勃勃地倾听和记录。心中又感动又喜悦，感动于大名鼎鼎、九十二岁的杨先生对素不相识的青年后学的我的热情接待、有问必答，感动于杨先生已是名满天下的大学者还保持孜孜不倦、学而不已的治学精神。喜悦于自己从少年时便想拜谒的龙学泰斗杨先生终于如愿以偿地见到，喜悦于杨先生给我讲授的珍贵为学、养生之道及他终生不渝的治学生涯。虽然意犹未尽，想问的问题还很多，但又不能让九十多岁的老先生太过辛劳，和杨先生合影一张后，给杨先生恭恭敬敬磕了三个头，以表心中的无限感激之情。然后恋恋不舍地告辞离开。

从杨先生家出来，脑中一直盘桓着九十二岁的杨明照老先生容颜饱满、须髯盈颊、身体微胖、步履蹒跚、耳朵略背、精神矍铄、热情好客、谈笑风生、喜爱抽烟、充满活力的可爱形象。心下想着杨先生就在四川，今后一定要多来亲近求教。

不想这次离开成都后，我便因一个奇巧的因缘到了故乡华严寺重庆佛学院教书。每天备课、教书、写作《国学通观》，竟难有远出的机会。还在不断计划什么时候抽出时间再到成都看望请教杨明照老先生时，忽然得昔日一位恩师的推举，又远赴西安执教。这期间原以为近在巴蜀的杨明照先生，却一下子又变得遥远起来。

无法登门，只有细读杨先生送我的《岁久弥光的龙学家》那本书以慰藉求见的渴望。书有七篇文章，全面介绍了杨明照先生在龙学上的卓越成就。首先，书中对杨先生早年著的《文心雕龙校注》和中年以后著的《文心雕龙校注拾遗》作了比较，分析后书不管编写体例、资料运用、附录内容都比前书丰富精详。就引用书目为例，前书引用二百四十四种，后书增引至六百零五种。由此指出后书之所以风行海内外，被誉为《文心雕龙》百科全书，成为百年龙学研究里程碑的原因，是其陶冶万汇、组织千秋的精审杰作。

其次，书中谈了杨先生在龙学研究中的创见和收获。在校注方面，杨先生总结出了《文心雕龙》用字、措辞、行文、释名、赞语等方面的通例。

如《文心雕龙》每篇结尾时四字一句的八句精妙赞语，均无一字重复。理论方面，杨先生最大的成就是指出了刘勰思想上的主体倾向和时风影响。前人多以刘勰居庙出家而认为其以佛教思想为主，杨先生一锤定音地明确指出刘勰的根本思想是儒家，《文心雕龙》的内容与佛法无关。

其书第一篇《原道》穷究的文学之道的本原就是儒家之道。开卷的《原道》《征圣》《宗经》三篇是全书的纲领，确定了文学的基本原则：道心是文学的根本，圣人是立言的标准，经书是文章的典范。至于刘勰终身不婚，长期居庙，杨先生不同于历代以其家贫原因的看法，指出这是受佛学昌盛的时风影响。而晚年出家，杨先生指出非笃信佛法，乃器重他的昭明太子死后，他无可奈何的选择。

另外，杨先生还指出《文心雕龙》在八个方面提出了那个时代未有的新思想，分别是：一、强调文学是现实的反映；二、强调文学的社会功能；三、强调内容决定形式；四、强调文学可以在旧有规律上创新；五、强调作家加强学习来培养自己高尚的写作风格；六、强调作家应重视艺术技巧；七、总结谋篇布局、遣词造句的规律；八、强调文学批评要符合文学创作实际。

最后总结杨先生取得巨大成就的原因：一是学而不已的精神；二是知难而进的毅力；三是脚踏实地的功夫；四是切实可行的方法。

杨先生在精神毅力上有两件事特别感人。一件是杨先生在二十世纪五十年代末，患了严重的风湿性关节炎，几乎不能行走和工作。杨先生就请老伴把砖头烧热，帮他烤熨患部，烫得大汗淋漓，疼痛难忍，却咬牙坚持，边烫边拿出《文心雕龙校注》来作补注，最终用这个办法将关节炎治好，也为新著《文心雕龙校注拾遗》作了充分的准备。另一件是“文革”中杨先生被打成“反动学术权威”，仍坚守信念，白天扫马路、冲厕所、喂猪，晚上回家则将房门紧闭，拿出各种资料摊在大床上研究。听到门外有搜查声则拿出准备好的大草席盖在满床资料上，然后从容出去应付。《文心雕龙校注拾遗》这部六十万字皇皇巨著就是在这样艰难的环境中完成的。至于切实可行的方法，就是运用目录学、版本学、校勘学、文字学、音韵学、训诂学、辨伪学等一系列清代考据学的方法，再辅以合理怀疑、大胆假设、小心求证的步骤，最终得出精准的结论。

书的附录还介绍了杨先生一生的学术事业，除了龙学以外，还涉及《庄子》《吕氏春秋》《淮南子》《昭明文选》《刘子》《抱朴子》等的研究，高度称赞了杨先生八十万字的《抱朴子外篇校笺》，开创了千年未有注释的万世宏功。书末还引用了杨先生自己的话作结："学海无涯，闻见有限，决不能自满。校注古籍，并非易事，谁皆有得失，岂能笑古人之未工，忘己事之已拙，而敝帚自珍，故步自封。我虽垂垂老矣，但眠食无恙，愿以炳烛之明，继续为繁荣学术，聊献绵薄。"

读这本书时，我好几次被杨先生的治学精神感动。《文心雕龙校注》已是一部考证精详、被学界公认的龙学名著，杨先生还用二三十年的功夫在最艰难的环境下写出《文心雕龙校注拾遗》。这种对学问孜孜不倦、精益求精、永不满足的求索精神，不正和冯友兰先生早年已写成两卷本《中国哲学史》，晚年又以九十五岁高龄在身体极其衰弱的情况下完成七卷本《中国哲学史新编》有异曲同工之处吗？还有杨先生"衣带渐宽终不悔"，毕生为学术一以贯之、不懈奋斗的学而不已精神，都深深感染了我。而这些可贵的治学精神给当时正开始系统研究国学的我以极大的鞭策。另外，龙学原本就是国学中集学的重要组成部分，通过对龙学的学习，也更丰富了我国学术探究的广度与深度。

两年后，我终于从西安回到成都离四川大学不远的四川师范大学执教。怀着急切而喜悦的心情，我又一次到四川大学敲开专家楼二楼杨明照先生的家门。开门的是一位年轻小伙子，他礼貌地告诉我他是杨明照先生的外孙。他说他知道我，但很抱歉，他的外公因为最近在阳台上浇花，摔了一跤，一直在医院住院，无法会客，请我下次再来。

过了一段时间我又去了一次，这次屋门紧闭，很久敲门都无人回应。我一直盼着杨先生什么时候出院，能够再见，没想到竟盼来报上刊登杨明照先生以九十五岁高龄喝了杯牛奶后在睡梦中安详辞世的消息。

我感到无限遗憾，好不容易等到和杨先生同住一城，只有半个多小时车程的距离，可以相相请益，杨先生又溘然长逝，真教人无可奈何。到这时求教变为吊丧，我再到杨明照先生家时，杨先生家装满线装书、摆了许多花木的客厅已变作摆满花圈的灵堂。灵堂正中挂着杨先生的遗照，遗照上挂着“一代宗师”四字横幅，遗照两旁挂着一副四川大学文学系撰写的长长的挽联：“龙伯仰神州，举知无涯铭四部，纵横篇章焕珠玉；文心光世界，踏学不已路万川，腾涌桃李传芬芳”。灵堂里不断有许多大学的专家教授前来吊唁。我在杨先生的遗像前磕了三个头，默默述说自己的遗憾……几天后在电视的新闻里看到杨先生的追悼会，追悼会上杨先生的祭文还是著名书法家、大学者北京师范大学的启功先生撰写的。

转眼间，杨明照先生去世已十七年了，这十七年间也偶尔听到一些与杨先生相关的事。

比如，川大的师生曾经很多都看到过满脸大胡子、胖胖的龙学泰斗杨先生每天在川大校园里跑步健身的样子。另外杨先生是四川大学的终身教授，生前一直是中文系的名誉系主任，更是中国古代文学批评专业第一批博士生导师。

四川大学专门出版了《文心永寄·杨明照先生纪念文集》。杨明照先生的故乡大足县还在大足北山石刻公园中给杨明照先生建了一座非常庄严肃穆的陵墓。去年四川大学及全国众多学术单位还召开了盛大的“杨明照先生诞辰一百一十周年学术研讨会”，会间中华书局举行了《杨明照文集》新书发行仪式。杨明照先生有两儿两女，由于受父亲热爱体育的影响，小女儿杨莹还是专业乒乓球运动员，曾获第三十四届世界乒乓球锦标赛女子双打冠军。我的六姨祖公、老教育家李仲耕先生的小女儿，非常热爱体育的我的小姨婆李星熙女士，就和杨莹女士曾同为成都一个篮球队的球员，关系很好。小姨婆经常对我讲，杨莹不仅乒乓球一流，篮球也和她父亲杨明照先生一样打得很好，后来一直在德国做乒乓球教练，偶尔归国必定约她聚会。

这篇文章还未写完时，我的学生王生就在网上帮我买到了《文心永寄·杨明照先生纪念文集》一书。书中收录了杨明照先生的亲人、学生纪念杨先生的大量文章，匆匆读过，认为其中有许多可贵点滴，颇值得一说。

杨先生的父亲曾是大足县的名中医，扶贫济困，深受乡里爱戴。父亲在教授杨先生传统蒙书以外，还教杨先生学习背诵了《伤寒论》《金匮要略》等医学典籍，杨先生后来对养生的热衷渊源于此。

父亲怀瑾握瑜的品德，也对杨先生做人产生了很大影响。杨先生读重庆大学时，因为成绩优异，作为校长的刘湘还专门给他颁发了刻着“茂才异等”四字的银奖牌；杨先生在重庆大学读书时，教授“文学概论”课的老师是与一代诗僧苏曼殊齐名的大诗人重庆的吴芳吉先生。吴先生上课经常讲到《文心雕龙》，每讲皆绘声绘色、娓娓动听，而且板书原文，从此，杨先生便对《文心雕龙》产生了浓厚兴趣，并最终将研究《文心雕龙》作为毕生的事业。杨先生在燕京大学读书时，因研究《文心雕龙》出色，得到当时燕京大学教务长司徒雷登颁发的燕京大学最高治学奖“金钥匙”奖。司徒雷登还推荐杨先生到美国深造，杨先生因那时抗战已爆发，国难当头，拒绝不往。在燕京大学时，他几乎每年都要得五百大洋的奖学金，他一个月的生活费大概只用五个大洋，一年最多也就用一百个大洋左右，剩下的钱都寄回家里。他曾经还用这些钱给父亲缝了一件貂皮大衣。

燕京大学毕业留校教书不久，北平沦陷，日本人搞出中日亲善假象，不断来拉拢杨先生，杨先生对日本暴行早已愤恨，果断拒绝，毅然带着弱妻幼女离开北平，历尽千难万险，逃过敌人的重重关隘，才回到四川。回四川后，他想如果日本人打到四川，他就不做学问了，把乡人组织起来坚决和日本人打游击。杨先生讲《文心雕龙》课，从来不带任何教材讲义，全是背着讲。讲释之前总是先将要讲的篇目通背一遍，然后一字一词一句详细训诂，旁征博引，所引各种典籍都是随口而来，绝无一字之差。杨先生治学极其严谨，几百万字著述的手稿，都是用娟秀的小楷一个字一个字工工整整写出，每页纸上若有一个字的错误，则必须全篇重写，所以杨先生的手稿本身就是精美的艺术品。

杨先生的学生任何时候去杨先生的家，都看到杨先生坐在书案前埋头治学。杨先生对现在许多中青年学者做学问华而不实、浮躁功利、夸夸其谈的风气深恶痛绝，每次讲起都痛心疾首。杨先生一生做学问，但强调不能死读书，读死书，不然就会读书死。读书治学之余，一定要关心国家大事，要关心政治。所以他每天必读《参考消息》，看《新闻联播》。杨先生的生活也很有趣，用杨先生女婿的话来说，杨先生是“肥肉不离口，香烟不离手”。杨先生每天都要吃半斤肥肉，吃鸡汤更是越油越好，抽烟从来都抽最便宜的烟，烟盒纸的背面皆密密麻麻抄录着各种材料。

夏天，杨先生最喜欢穿草鞋，无论参加任何会议或学术答辩都是草鞋不离脚。脸上的浓髯，脚上的草鞋成了杨先生最显著的标志。杨先生对学生要求非常严格，如果论文中有一条引文没有写明出处，杨先生就会严厉批评，甚至让学生全文重写。

严厉之余，杨先生也很幽默。八十八岁时，老先生专门请人刻了一方印，印文的内容是“二八佳人”，以后凡给人题字都要盖上这方印。杨先生讲课很累，回家后家人心疼他，杨先生则笑着说：“叫蝈蝈就是要叫的，我当了叫蝈蝈的老师，哪能不叫，还必须叫到死。”对于有些人眼光狭小，杨先生就会说：“站在峨眉山，看到锅边边。”感叹学海无涯，杨先生又会说：“读不完的书，杀不完的猪。”有时候杨先生还会突然问，什么花没有叶子？没人答得出来，杨先生就会大笑说：“雪花没有叶子，葱花没有叶子，撑花没有叶子。”“撑花”是四川方言，就是伞。杨先生的家人讲杨先生在学问上是一流，在生活上却是倒数一流，做不来饭，炒不来菜，甚至煮碗面都不会，房子、车子、票子更是全然不懂。几个子女在生活上、工作上没有沾到大名鼎鼎的父亲的一点光……

二十年前，季羡林先生因为我家乡在巴蜀，就让我去请教四川大学的大学者杨明照先生。不承想我那时辗转漂泊，竟只见到杨先生一次。虽只见了杨先生一次，然而杨先生却给我留下了深刻的印象。他是我亲近过的众多老先生中唯一一位满脸浓髯长须、热爱体育与养生、随时手中都夹着一支香烟的可爱长者。这仅仅一次的请教，杨先生已教了我不少的东西。很多东西都在我以后的治学中产生了颇大的作用，更激发了我研习龙学的兴趣，让我对龙学有了全面的认知。我知道了，第一个注解《文心雕龙》的学者是宋朝的辛处信，但辛注在元明的兵火中焚毁。明朝有王惟俭的《文心雕龙训诂》、杨升庵的《文心雕龙批点》、梅庆生的《文心雕龙音注》，奠定了《文心雕龙》研究的基础。清朝黄叔琳的《文心雕龙辑注》，独领风骚两百年。民国的黄侃开启了真正现代意义的龙学研究，龙学正式出现，黄侃的弟子范文澜的《文心雕龙注》成为龙学的奠基之作。杨明照先生继范注以后成为龙学的中坚，其著作也成为龙学中不可逾越的高峰。杨先生以外的著名龙学家还有陆侃如、王利器、周振甫、王元化诸先生。

一九八三年我国还成立了《文心雕龙》学会，出版了《文心雕龙学刊》。整个龙学主要研究《文心雕龙》的哲学基础、理论体系和结构、文学见解、校勘注释、作者生平五个问题。

杨明照先生就是龙学校勘注释方面的权威泰斗。

至于杨明照先生告诉我的研究《文心雕龙》的方法，我虽大致理解，并试着付诸实践，但有些东西当时还不能完全消化。比如在研究中要查阅类书一条，当时颇囫囵吞枣。几年后，我遇到九旬国学大师杜道生先生，在杜老的指点下我才搞清楚了国学的子学中作为百科全书的类书，搞清楚了类书中最重要的就是宋朝人编的对宋代以前文化全面总结的《册府元龟》《太平御览》和近于类书的《太平广记》《文苑英华》四部书。明清类书虽多，成就远不及宋人。《文心雕龙》的很多材料在各种类书中都有收录，所以研究《文心雕龙》必查类书。

杜老也很喜欢《文心雕龙》，五十篇可以通背，还将五十篇的赞语全部用毛笔小楷抄录成篇。遇到需要题辞时，就将所需赞语抽出，和韵重新集为一段。蜀中硕儒诗家刘克生先生百龄华诞，九十五岁的杜老就集《文心雕龙》赞语以贺，语曰："才峰峻立，壮志烟高。词深人天，学坚多饱。蔚似雕画，逸响笙匏。声画昭精，鸿风远蹈。"这八句赞语分别出自《文心雕龙》的《风骨》《辨骚》《论说》《杂文》《诠赋》《隐秀》《练字》《诏策》八篇文章。没有对《文心雕龙》烂熟于心的功夫，要这样内容与形式完美统一的集句是根本办不到的。当然，这些都是后话了。

我才请教杨明照先生一次，就得了许多收获。如果再能有两次三次、五次六次，那收获真是不可想象。然而这终究是不可能的了，不过心中还是充满了感恩，感恩中学国文先生播下的种子，感恩季羡林先生的推荐，感恩杨明照先生的热情接见，感恩以后杜道生先生对杨明照先生所讲的补充与延续，感恩老天的厚爱。今天写上这篇文章记叙我多年前就想表达的对杨明照先生的感激与怀念之情。

二零二零年

春风袅袅扶疏绿竹正盈窗时李里于红庐

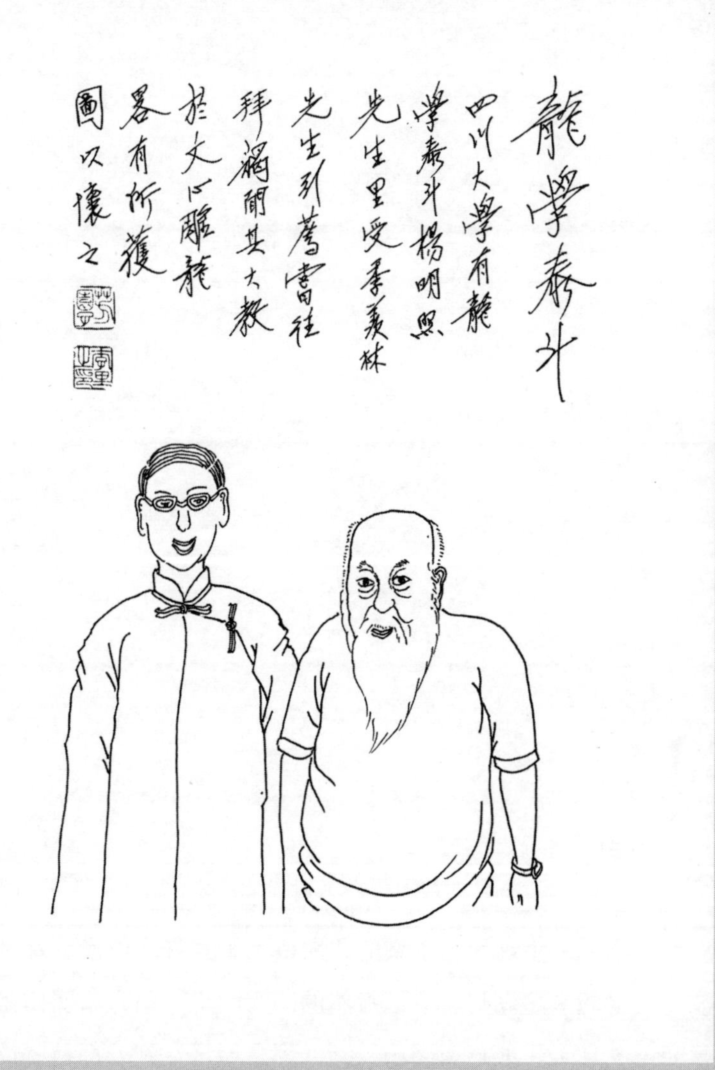

龙学泰斗。四川大学有龙学泰斗杨明照先生，里受季羡林先生引荐，尝往拜谒，闻其大教于文心雕龙，略有所获，图以怀之。

敲开诗家之门

——追忆著名文学家九十岁林庚先生

小引

二零零三年春天，京城的北大留下了我许多浪漫的足迹。波光荡漾的未名湖畔、春意盎然的朗润园里、阳光晴明的蓝旗营间、岁月尘封的燕南园中，到处都是回忆，到处都是欣悦。张岱年先生夫妇、侯仁之先生夫妇、冯友兰先生的女儿宗璞女士、新文学专家钱理群先生皆在经意不经意间拜见。在和钱理群先生的交谈中，意外而惊喜地知道北大文学系最年长的教授九十三岁的林庚先生还住在燕南园里。对于新文学中著名诗人林庚先生和他的父亲大学者林宰平先生，我是久已熟知而景仰的，然而林庚先生还在世竟是我不知道的。欢悦地听闻了林庚先生的所在，自然是要急切去拜谒的。因为这次拜谒，遂有了这篇《敲开诗家之门》。因为拜谒的是诗人，这篇《敲开诗家之门》也试着用诗的语言来叙述。

对林庚先生的熟悉先是源于他的父亲林宰平先生。林宰平先生的逸事真是充盈了我的整个青少年时代。在我热衷新文学的少年时期，早已嗅到了林宰平先生不随流俗的超然奇芳。这不随流俗的奇芳生发于一段浪漫的爱情故事。故事的主人公一位是新文学中与冰心齐名的女作家庐隐，一位是清华大学西洋文学系高才生李维健。热情似火的李维健比命运悲苦的庐隐小十岁，他们却谈了一场轰轰烈烈的恋爱，鸿雁往复、深情而绚烂的书信编成了著名的《云鸥情书集》。这样的故事在今天也是骇俗的，何况在去古未远的民国，自然闹得沸沸扬扬，饱受讥嘲。然而，为这两位主人公牵线并鼓励他们勇敢去恋爱的正是在清华大学执教哲学的林宰平先生。这样的林宰平先生就像一朵出尘的菊花，清雅地开在了我年少的心上，让我久久忘不了他馥郁的芳香。

后来读书渐多，林宰平先生的香气益发浓郁。似乎清末民国的许多名士都与他有着芬芳的往来：我最崇拜的不通外文的大翻译家、大古文家，清朝退位后不辞年高十一次冒着漫天风雪去给光绪皇帝哭陵，晚年一人以垂老之身与整个新文化阵营相抗争，呼喊古文万不能废、圣道绝不能灭的林琴南老人对他的同乡后学林宰平先生赞不绝口，还专门作了一篇《赠林宰平序》称道：“不艳奇而逐名，不谄俗而循利。才美忠信，余目中所见之英俊，生其最矣”；梁启超先生临终竟将自己的文稿全部嘱托挚友林宰平先生整理，于是林宰平先生编出了梁先生共四十集的《饮冰室全集》；王国维先生去世，清华大学立“王静安先生纪念碑”，碑上陈寅恪先生撰述的著名碑文的秀雅字迹正是林宰平先生用毛笔书写的；林宰平先生奖掖后学不遗余力，听闻年轻而才华出众的后学梁漱溟先生，特邀好友梁启超亲自到梁漱溟先生家称赞鼓励。梁漱溟先生讲：“林先生人品最高，洁身自好，一生干净极了。是我衷心尊敬服膺的一位长者，其人品之可钦敬，学识之可佩服，为我一生所仅见。”熊十力先生更将林宰平先生视为一生的良师知己，对林宰平先生的批评深以为然。林宰平先生去世，熊十力先生作挽联称颂：“德备清和，先生既圣；学究古今，当世几人”；新文学大作家沈从文先生最是受到林宰平先生的提携呵护，他青年时穷愁潦倒浪迹北京，于《晨报副刊》上发表散文，在北大执教的林宰平先生看了很是赞赏，托人从破公寓里把沈从文找来，鼓励他坚持创作，并介绍他到香山慈幼院图书馆工作，解决生计问题，平时还经常在经济上帮助他。沈从文先生终身感激林宰平先生，写了很多文章赞述林先生的人品学问，称他“做学问极谨严、认真、踏实、虚心，涵容广大而能由博返约。处事为人正直明朗、谦和俭朴、淳厚热情。积学聚德，至老不衰”；齐白石、杨度、八指头陀的老师、清末湖南文坛领袖王闿运，慈禧太后的红人、晚唐派大诗人樊增祥，清末四公子之一、同光体大诗人、国学大师陈寅恪先生的父亲陈三立，蔡锷将军等都与林宰平先生交厚，时时诗酒唱和；大哲学家金岳霖先生、创作散文与季羡林先生齐名的老作家张中行先生又都是林宰平先生的门生弟子。金岳霖先生讲：“林宰平先生是一个了不起的中国读书人，我认为他是一个我唯一遇见的儒者或儒人”……

林宰平先生人格的奇芳，在一位位大师的口中飘出，怎不教人要去寻找那芬芳的雪泥鸿迹。先生的生命飘然降临于光绪皇帝登基后的第四年（一八七九年），又在科举废除前中了自隋朝以来的最后一科进士。在朝廷日新的希望中受派往日本东京帝国大学研习法政经济，学成归国任职于北洋政府司法部。然而他对学问艺术的兴趣究竟大于从政的热情，于是哲学的深邃、文学的浪漫、佛学的空灵、书画的精绝集于一身，成为才华横溢的学者大师，所以辞官从教，先后受聘北京大学哲学系、清华大学国学研究院、清华大学哲学系。新中国成立后更以贤达长者任职为国务院参事、佛教协会理事。十一年后（一九六零年）魂兮归去，游历人间八十有二年。大著《贴考》四卷，考辨历代字帖二十三种，乃书法帖学中之极品。遗留诗文《北云集》，文字俊逸，学问渊宏，香远益清，陈毅元帅也为之倾慕，亲题书名。其余著述不可尽说。

这样一位浪漫而不随流俗的林宰平先生，这样一位新旧文化的众多学者文士都同声称赞的林宰平先生，而这些新旧文化的众多学者文士又是我所极喜爱的。他人格中散发出的动人魅力，常常让我倾羡。当我知道新文学中与戴望舒同列的现代派诗人林庚先生竟是林宰平先生的公子时，我喜悦的心就像出笼的鸟儿兴奋地叽叽喳喳展翅飞向无边的天际。对这样的父亲的喜爱，自然生起对这样的儿子的喜爱，于是对林庚先生事迹生平的求知也就渐渐如紫藤爬上花架。

林庚先生的长兄林几竟是中国近代法医学的奠基人。林庚先生在读清华大学时，就与后来的著名学者季羡林、新文学家吴组缃、李长之齐名，被称为“清华四剑客”。抗战爆发林庚先生专赴南京，在国民政府前绝食，请求抗日。诗句“为中华，决战生死路”飞出诗人的口。如诗的漫话，是童心不灭，是少年精神的讴歌。林庚先生是诗人，诗人的浪漫、清高、淡泊都是随身的。因为清高、淡泊，少与世俗往来，多年的隐逸，先生的声名也像岁月尘封的燕南园，早已淡在了时光的深处。万没想到我这样一个晚到的青年，竟在林庚先生迟暮的光阴里敲开了他长闭的家门，短暂地一瞻了他诗家的风采。

一个柳絮纷飞、春风淡绕的诗意时节，我走进燕南园的最深处，在仿佛被时光遗忘的漆色斑驳的小洋楼前，轻轻敲开了一位新文学诗家的门。

新文学忧郁而浪漫的思绪从郁达夫、沈从文、艾芜、庐隐、萧红伤感的字里行间悄悄爬进了我青春年少的心，让读中学时常常在午间跑到学堂不远处的江边独自眺望江水远去的我，染上了一抹深秋的颜色。

对新文学的痴迷，使十四五岁内心正生长着水一样春愁的我，无论清冷的午后，还是微雪的早晨，都沉醉在民国时光凄美的文字中。这样的沉醉，当然少不了新诗的滋味。

于是，诸如胡适开新诗风气之先的“两个黄蝴蝶 / 双双飞

上天 / 不知为什么 / 一个忽飞还 / 剩下那一个 / 孤单怪可怜 / 也无心上天 / 天上太孤单”；平民诗人刘半农的“月光恋着海洋 / 海洋恋着月光 / 啊 / 这般蜜也似的银夜 / 教我如何不想她”；现代派诗人戴望舒的“撑着油纸伞 / 独自彷徨在 / 悠长悠长 / 而又寂寥的雨巷 / 我希望逢着一个 / 丁香一样的 / 结着愁怨的姑娘”；湖畔派诗人汪静之的“伊开了一朵定情花 / 由伊底眼光赠给我 / 我将我底心当作花园 / 郑重把伊供养着”；新月派诗人陈梦家的“一朵野花在荒原里开了又落了 / 她看见青天，看不见自己的渺小 / 听惯风的温柔，听惯风的怒号 / 就连她自己的梦也容易忘掉”；禅意诗人废名的“深夜是一盏灯 / 若高山流水 / 有身外之海 / 星之空是鸟林 / 是花，是鱼 / 是天上的梦 / 海是夜的镜子”等，种种优美诗句早填满了我的情思，因而四处觅着新文学的诗集，不仅陶醉地读，更模仿着写，浪漫的湖畔派诗人的诗更濡染了我的诗心，竟使我的诗也弥漫着民国的味道。

如《梦》：“在朦胧底我底梦里 / 自己徘徊在 / 伊的屋外 / 对着淡淡的月光 / 心儿印出一个美丽 / 清澈得透亮的伊的眸子 / 甜蜜得透亮的伊的微笑 / 教我不愿，也不敢 / 扰了伊的静谧 / 却又不忍离去 / 只隔着窗儿 / 远远底 / 望着灯影摇曳里的伊 /……”

如《田间》：“我到了和平美丽的田间了 // 夕阳 / 浓浓的 / 遍洒在 / 田间 // 禾苗 / 青青的 / 生长在 / 田间 // 屋舍 / 隐隐的 / 静穆在 / 田间 // 炊烟 / 淡淡的 / 飘绕在 / 田间 // 小河 / 闪闪，鱼鳞般 / 蜿蜒在 / 田间 // 牧童 / 蹦蹦跳跳 / 催牛在 / 田间 // 农夫 / 扛着锄犁 / 归家在 / 田间 // 我爱这和平美丽的田间呵！”

如《相思怒了》："小女孩 / 哭着 / 伊问她 / 哭甚 / 小女孩说 / 自己被村里 / 小花狗咬了。/ 伊说 / 你不是和小花狗相熟吗 / 小女孩也不解了 / 伊想 / 是不息的燃烧着的相思 / 上了小花狗的心了吧。"

这样对新诗浓烈的情愫，自然造就了我对众多新文学诗人的热爱。二十世纪三十年代现代派诗人中，林庚的名字便隐隐地种在了心间。当我知道林庚先生的父亲正是令旧文化到新文化的众多文人学士都称羡的林宰平先生时，爱屋及乌的情绪自然高涨，就像爱月的人儿连指月的手指也一起爱了。因为这份爱，曾经在新文学史中淡淡提到的新诗人林庚，便被我如蜂儿寻蜜般找到了许多踪迹。

在读到废名先生对林庚先生新诗的评价时，我真是兴奋如柳长花发，一如我看到琴南公对林宰平先生的称道。新文学众多作家中，废名先生我是情有独钟的。那个生在禅宗四祖、五祖故乡湖北黄梅，深染着禅宗气息，连名字也要废除的废名先生，竟创造了新文学中始终浸淫着"空灵"意象的诗意文字。一部长篇小说《桥》真如同一首染着童年泥土芬芳、美到极致的朦胧诗，我深深地痴迷其中，仿佛忘了世界。

不但写小说写诗，还写了一部《阿赖耶识论》，为了唯识学的争论竟和熊十力先生扭打成一团，这样的废名先生却如此地评价林庚先生的诗："在新诗当中，林庚的分量或者比任何人都要重些，因为他完全与西洋文学不相干，而在新诗里很自然的，同时也是突然的，来了一份晚唐的美丽。"

这评价全如孔子赞颜回好学，除此而外三千弟子别无好学者。之所以比那么多新诗人都重要，是因为林庚先生的诗是从中国的诗里长出，更长着晚唐浓艳而扑朔的姿色，其他新诗人的诗多少都学了西洋诗歌的句调。就这一点，在崇洋媚外的大势中全然不染西风，卓然从传统中来的风骨就教我无比动容，也教我无比赞叹，只能啧啧感念：这样的父亲，这样的儿子……这样的父亲和这样的儿子竟在岁月的浪花中创造了一个奇迹，一九五八年同被选进国务院组织的新中国古籍整理出版小组，八十岁的父亲，四十八岁的儿子。

这样的儿子在这样父亲的熏陶下，如春天般诗意的气质自是不曾停息地生长，虽到大学才开始写旧诗，然而下笔已如古人。

一首《菩萨蛮》："春来半是春将暮，花开好被风吹去。日远水悠悠，闲花逐水流。凭栏无限意，何事重相记。暝色敛寒烟，鸦啼霜满天。"便得到教诗词习作的朱自清、俞平伯两先生的赞许。青年的林庚先生却觉得旧诗词作得再好，也总是似曾相识，难逃古人意趣，自己更像是古诗词的改编者。反复思索，终于明白是远去的语言已不能反映饱满的现实，于是寻求解放，新诗的创作由此开始。

他说："自由诗使我从旧诗词中得到一种全新的解放""我觉得我是在用最原始的语言捕捉了生活中最直接的感受。"这是林庚先生诗歌创作的第一变。

大学毕业的论文便是一部新诗集《夜》，竟是闻一多先生设计的封面，俞平伯先生写的序。而后《春野的窗》《北平情歌》《冬眠曲及其他》等新诗集相继问世，他成为与戴望舒、卞之琳、施蛰存、废名等齐名的现代派诗人。

现代派是因施蛰存主编的《现代》杂志而得名。现代派的诗与同时期强调诗要反映革命、关心现实的主张不同，追求诗的纯洁性，要写纯粹的诗、唯美的诗、有着中国古典气息的诗。忧伤缠绵的《雨巷》就是典型，林庚先生的诗意亦仿佛如此。

他的代表作《夜》写道：“夜走进孤寂之乡/遂有泪像酒/原始人熊熊的火光/在森林中燃烧起来/此时耳语吧/墙外急碎的马蹄声/远去了/是一匹快马/我为祝福而歌。”

《夜行》：“夜像海一般的深/我独自在夜的深处/眼前看不见什么象征/耳边听得见风在走路。”

《风狂的春夜》：“风狂的春夜/记得一件什么最醉人的事/只好独抽一只烟卷/帘外的佛手香/与南方特有的竹子香/才想起自己是新来自远方的/无限的惊异/北地的胭脂/流入长江的碧涛中了/风狂而且十分寂静的/拿什么来还悲哀呢/惊醒了广漠的荒凉梦。”

《沪之雨夜》：“在来这沪上的雨夜里/听街上骑车逝过/檐间的雨漏乃知高山流水/打着柄杭州的油纸伞出去吧/雨水湿了一片柏油路/巷中楼上有人拉南胡/是一曲似不关心的幽怨/孟姜女寻夫到长城。”

林庚先生的诗有李商隐无题诗的朦胧，有意象的中国，有情韵的古典，都聚集在夜的色调中，确如废名先生所称赞的“一份晚唐的美丽”。

在新诗的探索上，林庚先生又发现如果没有诗自身在语言与形式上的独立，那么自由无定的诗句就很难与散文区别，于是他又开始追求新诗的格律，探寻新诗不可替代的独特生命。这是林庚先生诗歌创作的第二变。

这一变延续了诗人的一生，为了新诗格律的建立，诗人又转而在古典文学的研究中徜徉，考察着诗五言、七言的奥秘，追踪着《诗经》《楚辞》中四言到杂言的玄妙。终于探寻出诗人以为的中国诗的大秘密：五字组、半逗律。五字是诗行的圆满，可以减而为四字，可以增而为七字，甚至更多。而每句诗几乎都是两个半段组成，如“两个黄鹂”“鸣翠柳”“一行白鹭”“上青天”。这样的探索未必成功于新诗的格律，但却是新诗格律建设中的丰碑。

诗人这样回溯的研究，不经意间又成为了著名的古典文学专家，写出了诗意盎然、不同于一般教材的《中国文学简史》。这部文学史没有枯燥的条款，只有诗的语言在讲述，只有浪漫的气息在渲染，只有点到为止的含蓄。学术著作完全被林庚先生写成了诗。

《楚辞》与唐诗的研究，是林庚先生生命中开出的两朵艳丽的奇葩。尤其是唐诗，林庚先生天才地提出了“盛唐气象”与“少年精神”。

“少年精神”对唐诗的概括真是精美极了。林先生说：“当唐诗上升到她的高潮，一切就表现为开朗的、解放的，唐人的生活时时以少年人的心情作为她的骨干。唐人的诗篇正是这样充满了年轻的气息，一种乐观的、奔放的旋律。少年人没有苦闷吗？春天没有悲伤吗？然而到底是少年的，春天的。”这真是诗的语言在说诗啊，每每读得我陶醉！

金岳霖先生写给林徽因的挽联："一生诗意千寻瀑，万古人间四月天。"林庚先生一生写诗、研究诗，也是"一生诗意千寻瀑"吧。先生九十岁后还出版了最后一部新诗集，青年热烈而浪漫的心是与诗的精魂相通的。沧桑苦难洗涤后丧失敏感的老年心是难得有诗的，九十高龄还能写诗，不正是诗意一生吗？

先生九十五岁高龄又组建了北大诗歌中心。最是七十七岁退休前讲的最后一堂告别课仍是《什么是诗》。众多文章都津津乐道：这天先生穿着精心设计的黄色衣服，配黄皮鞋，头发一丝不乱，美得一上台就把所有的师生镇住了。然后便是滔滔不绝、贯穿古今、激情飞扬地讲授，即使停顿的片刻也显得意味深长。并非是最后一课，平时的课上，先生仍不是白衬衫、吊带西裤，就是丝绸长衫，一身诗意。先生淡泊名利，退休后更是谢绝一切喧嚣，头衔、采访通通拒绝，只静静地、悄悄地、淡然地住在爬满花木、洒着阳光、仿佛被时光遗忘的燕南园的最深处。

燕南园最深处的小洋楼被悠长的时光冲刷着，被浓密的爬山虎掩藏着，被深深浅浅的青苔浸蚀着。淡淡的阳光洒落下来，仍有一股潮湿而久远的味道。

穿着枣红色长衫的我在小洋楼外漆色斑驳的门前徘徊瞻望了良久，鼓足勇气上前轻轻敲门，一下两下三下。无人应答，心中迟疑，忐忑不安。想是老人耳背，再敲，加重，再加重。门开了。昏暗的光线中，时光仿佛凝固了。一位二十世纪三十年代的新诗人像是从无数的岁月中走来。他的步伐是那样的长长的缓缓的，仿佛穿越了青春的少年、厚重的中年、迟暮的晚年，直走到近百岁的光景，然后站在了我的面前。

仲春时节的微风，在年近百岁的老人那里还透着残冬的寒意。清瘦高高的老人，绿色的夹克上还罩着黑色的棉背心，灰白稀疏的头发覆在脑后，高高的额头，长长的脸，瘦削中更突出了清晰的眉骨，下面的一双眼睛深邃而犀利。

老人诧异地望着身穿一袭长衫，像民国中走来的我。我上前鞠躬，述说着景仰之情，老人一脸不解，忽然口中发出疑问："你不知道当下非典盛行吗？还到处乱跑？"我一下被拉回到眼前，不知如何作答，还在述说着到京城访老的痴怀。老人更是不解，疑惑道："专为访老而来京城，闻所未闻。"接下来便是以年高体弱，恐染疾病，且常年闭门相推辞。我却是再三请求，愿拜见老人。一片诚意，一点不忍人之心，老人竟同意我进门坐五分钟，说定五分钟。

屋内因为古旧而阴冷，一地漆也走掉的木楼板，像踏着童年的记忆。经过过道便是客厅，客厅里也尽是书架，线装书、新书杂陈着。非典的空气，老人请我离他颇远地坐下，态度是严肃的。照例给老人虔诚地磕头，老人惊诧，新文化对旧礼节的惊诧，口中是："过时了，过时了。"表情透出些欣悦，接着一句："好多年没看到这种礼节了。"我送上备好的礼物，老人滋补的吃食。老人回答不收礼，又是恳请，态度渐和蔼，终于一句"恭敬不如从命"。

请教老人与诗的缘分，客气地回答，出人意料，青年时代考取的却是清华大学物理系，因了爱因斯坦相对论的热衷。学了两年以为科学究竟不能照明宇宙大全，偶然在图书馆读到《子恺漫画》。丰子恺先生一幅幅画里的诗意，一句句：“人散后，一钩新月天如水”“过尽千帆皆不是，斜晖脉脉水悠悠”“几人相忆在江楼”“无言独上西楼，月如钩”题画诗，醉了心神，迷上诗词。忽感“艺术能于一瞬见终古，于微小显大千”，决心舍科学而从文学。竟转到国文系，开始写诗，从旧诗到新诗，希望用诗寻到生命的解放。这一寻就是一辈子。话音刚落，便是提醒，五分钟恐到了。

问题又已提出，老人的生平。不情愿，还是回答：祖籍福建闽侯，清宣统二年（一九一零年）生于旧京，家父林宰平。未曾专习家父的学问，究竟耳濡目染。年十八毕业于北师大附中，同年考取清华，物理系而后国文系，二十三岁毕业便做了朱自清先生的助教，为闻一多先生批改作业。抗战中任教厦门大学。胜利后返京，又任教燕京大学。燕京大学合并北大，直任教到退休。从此常年闭门谢客，读书治学。强调闭门谢客！又是提醒，五分钟早过了。

虽恋恋不舍，已预作告别的起身。抬头，墙上一个显眼的镜框，里面的黑白照片上，一个美丽的民国女子，穿着旗袍，优雅而书卷气。端详，倾羡，询问。老人露出难得的笑意，语气也柔和了，空气中霎时弥漫了丁香的味道。是老人愿意的回答，自得、兴奋、怅惋。“我的妻，清华物理系的同学，十二年前去世了，我已从八十一岁一个人生活到今天的九十三岁。我有两女儿，都没在身边……”五分钟的提醒还没有忘，只是柔和了。

请求与老人合影，欣然答应。诗家的爱美，虽家居便装，依然整理一番，然后端坐木椅上，等待照相。我恭立在先生身后，老人叫来一位旁人，留下了几张珍贵的合影。他自己又对着镜框中的民国女子留影，老人春天般的笑意爬上了苍老的皱纹。

没有了五分钟的催促，终究要履行五分钟的诺言，真正告辞了，已是十余个五分钟。不得已迟迟退出门外，身后的关门声，重重的，如释重负般。心中只有依依的惜别，沉沉的感激。九十三岁的年月，常年的闭门谢客，身体的瘦弱，非典的横行，对素不相识的远来人，虽不情愿，还是请进家门，即使超了时间，始终是礼貌。一个间隔的提醒，又一个间隔的提醒，真像是诗的节拍，诗的分行。老人提倡新诗的格律，竟把生活也格律成诗。以后的回忆中，五分钟已成了诗的韵律。从敲开诗家的门，到退出诗家的门，整个的拜访就是一首诗。诗的记忆亦如飘忽断续的笙歌，清远而悠长，不绝如缕。

离开在老人身边悠远的时光，离开新文学诗家的门，离开岁月尘封的燕南园，离开芳菲四月的京城，离开渐行渐远的光阴。充满屡屡如诗记忆的日子，读了更多老人诗心浸溢的文字，无论是纯诗还是诗意的研究，让我在琐碎的现实中随时都能望到诗意的远方。岁月如水般流逝着，流逝着，所有的一切都在不经意间流逝着的时候，九十七岁的老人的生命也流到了尽头。这是新文学时代诗人的终结。报上的刊载，老人还是在那燕南园的最深处，在那爬满藤蔓的小院里，在那古旧昏暗的民国小楼中，中秋时节，在吃过晚饭后平静的休息中，淡然地离开了人世。

老人的离世，诗人的叹息。《秋日送别春天的心》写道："燕园，少了一位良师；天堂，多了一位诗人。"老人的学生们，古典文学名家：吴小如先生引诗句"手抛造物陶甄外，春在先生杖履中"；袁行霈先生的礼赞："先生是一位诗人，是一位追求超越的诗人，超越平庸以达到精神的自由和美的极致。他有博大的胸怀和兼容的气度，他有童心，毫不世故。他对宇宙和人生有深邃的思考，所以他总能把握住自己人生的方向"；当代大诗人谢冕先生的独白"我承认在我的所有习作中，写得最好的，还是我学习林庚先生的那些诗。林先生也许并不知道，在我心中，他始终是我的诗歌启蒙者和引路人"……

我的藏书《世纪学人百年影像》中有林庚先生依然的照片和题辞。钢笔清瘦的字迹："我并不怕寂寞，当然我更爱突破；正是因为有寂寞，所以有突破。"重读先生的话更为鲜活。寂寞是常年的闭门，诗与学术的无尽，是寂寞开出的鲜花。这浮躁的世界，更显得这寂寞的可贵。

先生的诗，先生对诗的诠释，先生对唐诗少年精神的阐发，先生寂寞中的诗意，先生接见我五分钟诗行的特殊记忆，都深深浅浅地融入了我的生命中，融入了我的教学中。讲授文学史，用年龄的情绪来阐释不同时代文学的精神，先生述说唐诗是少年人的精神，我接着生发宋词是中年人的情绪，使古典文学一下叩开大众的心扉，这更是先生的启迪。因为先生，我更懂得了诗不同于散文的跳跃，懂得了诗是灵动意象的组合，懂得了诗对时间连贯的打破，懂得了用空间不断转换来构建诗意。

燕南园深处那一扇诗家的门，早已随着岁月的流逝模糊了记忆，然而门里悠长的诗意已流进了无尽的时空，幻化成了一片盎然的春意，永远弥漫在了柳长花发、莺啼鸟鸣的天地之间。

二零二零年初夏绿柳如云之黄昏

李里于西蜀红庐

燕南园的诗人。北京大学燕南园有九十八岁新诗人林庚先生，里尝往拜谒。

盐亭老朽

——怀念维摩精舍传人八十六岁李自申先生

小引

二十多年前我刚认识我的两位佛门先生不久，专门到千里外的成都探访了一回正在医院住院的当代第一比丘尼年近九旬的隆莲法师。此间遇到当时正在宝光寺跟从佛学家大居士唐仲容老先生学习唯识学，后来出家介绍我到华严寺重庆佛学院教书的故人。他告诉我成都还有一位民国时禅学泰斗袁焕仙先生维摩精舍的弟子，南怀瑾先生的师弟李自申老先生一直在义务宣讲传统文化。

当时我就非常想前往拜见，但因缘未足，我又匆匆回到故乡。七八年后我已定居成都，开始公益讲授国学时，却因缘俱足，不期而至地见到李自申老先生，聆听了老先生精彩的讲学，并得到老先生的垂爱。老先生不遗余力地鼓励我要接过他手中弘扬中华传统文化的旗帜。在老先生的殷殷期许中，我终于在老先生去世的几年后办起了以“继绝传薪”为宗旨、弘扬国学的公益学堂传薪书院。为了告慰李自申老先生的在天之灵和表达对李自申老先生的深深怀念，我写下了以下文字。

二十四岁这一年，我告别故乡，正式登上大学的讲席。每周我用一个晚上义务为大学生讲授《论语》，从此踏上了我公益讲授国学的道路。二十六岁时，我已在三所大学辗转，终于因执教四川师范大学而定居蓉城成都。

我所执教的地方是四川师范大学的分址，在离成都城二三十里以外的洪河镇的半边街上。那时的洪河镇是偏僻的，半边街更是名副其实，一边是我所在的学堂和因学堂而兴起的饭馆、商铺、药房、旅店、杂货铺，一边竟是绿油油的田野。从来都喜好田野自然、平房院落的我，索性在学堂街对面田野深处的竹树环合间租了一处农家小院。小院是典型的川西农宅，土墙、灰瓦、木门、青石板地，堂屋、左右厢房和正门矮矮的院墙围成了一个小院子。

小院年岁久了，土墙到处剥落，门窗大都朽坏，也从未有人租住，因而房租异常便宜，一个月一百五十元。我把这个小院略略修葺，用竹席把坏漏的土墙包裹起来，在周围的农民手中买来几件他们认为完全过时的古旧家具摆上，堂屋正中墙上挂了孔子的画像、成都的九旬高僧佛智老和尚撰书赠我的“为何不住繁华境，自乐定中隐逸名”的对联，以及先师杜道生先生题写的“天人轩”匾。其余墙上还挂了些与曾亲近过的老先生们的合影，并有我的六姨祖公李仲耕老人和文史大家刘知渐老人共同撰书的《临江仙》词条幅。再在小院里种了点芭蕉、梅竹，养了些鱼鸟龟兔，破旧杂乱的院子一下似乎换了天地，变得朴素古雅。自己穿着长衫住在其中，睡着雕花架子床，坐着太师椅，读着古书，写着毛笔字，夏日摇着蒲扇，冬天烤着烘笼，开门便能看到门外的山坡池塘，杂花野草，仿佛自己真过起了古人的生活，心境惬意得很。

已经在几个学堂利用课余时间义务讲了两年国学的我，这回正式把讲堂搬到了我租住的田间小院里，曲曲折折要经过几个池塘、穿过几条田坎、长满杂草的泥泞小径并没能阻挡听课者的热情，似乎更增加了他们的兴味，转相介绍，每回周六晚上听讲者总会把我的小院塞得满满的。来听讲的人们或是川师的大学生，或是社会上喜好国学的成年人。

其中有人对我讲，成都城里也有一位老先生像我一样每周在自己家里给人讲国学，还把一个刊物上刊登的老先生写的东西给我看，写的什么我记不得了，只记得是一张八行笺上用毛笔题的字，落款是“盐亭老朽”。盐亭老朽这个古意十足的名号给我印象太深，所以盐亭老朽究竟是个怎样的老人激起了我莫大的兴趣。

这莫大的兴趣驱使我很快便与那位介绍者相约前去拜访这自称盐亭老朽的老人。拜访的时间是专门选在老人讲课的时候，我跟随介绍者转了几次车，到了成都城北门千年古刹文殊院附近的一处二十世纪八十年代的旧家属楼二楼老人的住家前。老人家的门是虚掩着的，我和介绍者从门缝外悄悄往里望，只见屋里坐满了听讲的人，一个个人头几乎把老人遮住了。

仔细打量，屋子并不大，大概有十来个平方。老人坐在屋正中，老人的背后挂着一幅与我的天人轩小院里一样的唐代大画家吴道子画的孔子行教像的拓片，拓片两边是一副对联：“大学之道在明明德，修道之本自觉觉他。”看到这副对联我就非常喜欢，心想这副对联真是见道之语，若是出自这位盐亭老朽之手，可见这位老先生一定是得道之人。对联的左右两边各挂着一幅字，右边的字小而多，不大看得清楚，只能看到字较大的题目：“同参共住修学心念”；左边的字大而醒目，我定睛看了一遍，上面用清秀工整的楷书竖写着“燃诸圣之心灯，续众生之慧命，揭宇宙之至理，轨万有之一行”四句话。看到这四句话，境界辽阔，气象宏大，使命深远，言辞雅驯，非同凡响。能说出这样话的人绝非等闲之辈，我心中顿时对这位自称盐亭老朽的老人肃然起敬。

又看屋两面的墙上，全是一个一个挂着小字的镜框，雅致庄严得很。再循着老先生正对面的墙上看去，挂着一幅巨大醒目的画像。画像几乎把整面墙都占满了，像是用毛笔绘制，且着重彩。画的是一位面目饱满、神色庄严、留着一缕长须、穿着蓝色长袍、正襟危坐的中年学者。画的上方有工整的楷书题着“袁焕仙夫子行教像”几个大字。看到这幅画像，我更有些奇怪起来：这位盐亭老朽难道和袁焕仙夫子有什么关系？

袁焕仙夫子我倒是知道的。五六年前，我在故乡罗汉寺的藏经楼上整理经书时，曾听我的佛门先生洪禅老法师讲过，袁焕仙是位大居士，民国时大名鼎鼎，在成都讲学时门庭若市，红极一时。只是他所讲的禅学，佛门中讥之为狂禅。后来读到名满天下的南怀瑾先生的书，更知道了袁焕仙夫子就是南怀瑾先生的禅学老师，而且南怀瑾先生对他这位老师袁焕仙夫子推崇备至。

我正在狐疑之际，讲学的老人课间休息，介绍者赶快领我进门上前拜见老人。介绍者还未开口，老人便笑着和蔼地说：“你就是那位穿着长衫，住在乡间小院里，像我一样给他们义务讲国学的川师教员吧？”说到“给他们义务讲国学”的时候，老人特别用手指着围坐在他周围的满屋老少学员。满屋的老少学员虽在休息，也都用崇拜的眼光望着老先生会心地笑着。

老人又说：“没想到你这么年轻，还一表人才，听你讲课的人一定比听我这个老朽讲课的人多啊。”我正准备谦虚地说自己的微不足道、不足挂齿，老人又笑着说了：“你叫李里，我叫李自申，我们是家门儿。你的很多传奇故事他们都给我说了。”说“他们”时，老人又用手指指屋中的听讲者。我这才特别注意了一下满屋坐的人，结果发现其中有好多位都是在我的小院里听过课的人。这几个人看到我在看他们，也非常欢喜地以恭敬虔诚的点头和笑容回应。

老人接着说：“他们都说你课讲得很好、学识渊博、引经据典、深入浅出、风趣幽默。”我的“惭愧得很”还没说出口，老人又说：“难得难得，现代青年有若此者，更是难得。”老人的话似乎还没说完，屋中的学员已敲起铃铛喊：“上课了，上课了。”

我一进门就受到李自申老人热情的礼遇和谬赞，心中又喜悦又惭愧。我还来不及梳理自己的思绪，李自申老人已开始讲起课来。

这时我才静下来细细端详李自申老人，时令正是深秋，但气候并不太冷，而老人头上已戴了一顶黄色的厚厚的毛绒帽子，帽子下露出的头发都已白完，面容圆润慈祥，穿着一身厚厚的棉衣，坐在藤椅上，腿上又盖了一层厚厚的棉被，脚上一双厚厚的棉鞋踏在一个圆圆的棕蒲团上，一只手拄着根刺藤拐杖，另一只手拿着一本蓝色封面的书。整个人看上去很有些气象，不过老先生的衣服确实比旁人穿得厚多了，就是比一般的老人也厚很多。座位旁边的听讲者悄悄告诉我，李自申老人是袁焕仙先生的弟子，南怀瑾先生的师弟，李自申老人讲的是袁焕仙先生的《维摩精舍文集》，最近正在讲文集中《中庸胜唱》一篇。我一下恍然大悟，这位盐亭老朽正是我数年前到成都听闻想拜见而未得拜见的李自申老先生，心中一阵窃喜。

当时我手中没有《维摩精舍文集》，然而《中庸》却是熟悉的，也就兴味盎然地听老人讲起来。这时虽然我对这位盐亭老朽的李自申先生还不太了解，但既然老先生是袁焕仙夫子的弟子，讲的又是袁焕仙夫子的学问，那自然是学禅的。

果然老先生讲课尽是禅宗的风格：一是生活化，一是机锋多。生活化就是老先生总是用很多老百姓的日常生活作比喻来阐明《中庸》中深刻的哲学道理；机锋多则是老先生提了很多问题，总是不回答不点透，让学员自己去参悟，老先生说这就是禅宗的参话头。我见过很多饱学的老先生，但用这种方法讲课的，只有李自申老先生一人，所以这给了我很深的印象。当时我一方面觉得老先生讲得精彩，一方面又很有些不习惯，特别是叫自己去参悟的一些问题，简直不知从何下手，觉得着急而茫然。因为不习惯，所以老先生那天讲了些什么问题，我至今是全然记不得了。

我正在着急茫然中，又到了中午下课的时间。老先生讲了一个上午很有些疲惫了，老先生的夫人就赶紧给老先生端上一碗银耳汤。老先生正在慢慢吃时，老夫人却和我说起话来。老夫人讲："老伴都提了你好多次了，很称赞你，想见到你，你终于来了。"

我听了老夫人的话很是感动。老夫人瘦瘦的，很精神，慈眉善目，手中拿着一串佛珠，告诉我她很早就皈依了，吃了一辈子斋，念了一辈子佛。老夫人说她是射洪人，我告诉老夫人我母亲也是射洪人，老夫人很高兴，说我们也算是同乡了，也就和我更亲热了。

老夫人拉我到她里屋的睡房坐，睡房中间供着个佛堂。老夫人说佛堂本不应供在睡房，但房子太小，只有两室一厅，一间屋子是照顾他们老两口的六十多岁的女儿住的，客厅又要讲课，就只有供在睡房了。佛堂前有个蒲团，老夫人说她每天都坐在这个蒲团上打坐。佛堂的两侧挂着一副南怀瑾先生手书的对联，对联曰：“谈笑问乡贤，长短经，丹渊集，一样消沉，犹古道斜阳，高山拥县；放怀批老宿，慈明榜，雪松球，百般卖俏，唯紫岩印月，佛火封龛。”对联的上联旁有小字：“盐亭老人袁师焕仙夫子题凤灵寺联”，下联落款：“癸酉孟春及门弟子浙江乐清南怀瑾沐手拜书。”我还是第一回见南怀瑾先生的书法作品，很有些欣喜。观览之余老夫人拉我坐在床边上，给我聊起了她和老伴的情况。

老夫人说，她是民国四年（一九一五年）出生，今年八十七岁了，老伴是民国七年（一九一八年）出生，今年八十四岁，她比老伴大三岁。他们是表姐弟。她的祖父和老伴的祖母是亲兄妹，她叫老伴的祖母姑婆，老伴叫她的祖父舅公。他们的婚姻是老人们包办的，所以年轻时老伴一直不怎么喜欢她，到老才好了。她的姑婆嫁到盐亭，所以她老伴生在盐亭，是盐亭人。

老伴年轻时生得聪明漂亮，风流倜傥，才华出众，二十岁便到成都闯荡江湖，很有些放浪不羁，直到拜在袁焕仙夫子门下，受到袁夫子的当头棒喝才幡然悔悟、重新做人，老老实实给袁夫子当书童，认认真真参悟古圣贤的道理。一九四九年后虽参加工作，但因受袁夫子旧学影响太深，与新社会总有些格格不入，一九五六年终被划为“胡风反革命集团”同情分子，以后逐渐升级，错划为“反革命”。

二十世纪八十年代初平反后，便开始在文殊院、在自己家中义务讲国学，讲袁焕仙夫子的《维摩精舍文集》，这一讲就二十多年了，来听过讲的人全国各地都有，真是数都数不清。

现在老伴觉得自己年纪越来越大，身体越来越差，他最急切盼望的事情就是他讲古圣贤学问的事业后继有人。

老夫人还在拉着我说话时，李自申老先生便在客厅里喊起来："老太婆不要再啰嗦了，我还有正事要和李老师说。"听到老先生叫，我赶紧出去对老先生说："老夫人和我说话是让您多休息，不要让您累到了。"

老先生要我扶他到女儿睡的屋，我扶着老先生，感到老先生走起路来的确很费力。老先生叫六十多岁的女儿把一块匾搬出来给我看。这块匾是镶了木框的汉白玉竖匾，汉白玉上正中刻着染了绿色的"维摩精舍"四个大字，下面四行小字"燃诸圣之心灯，续众生之慧命，揭宇宙之至理，轨万有之一行"，右上方小字题着"民国三十三年冬月"，左下方落款"盐亭悟叟"。看到"悟叟"两字，我豁然明白了为什么民国时人要称袁焕仙夫子为狂禅了。"悟叟"就是开悟老人的意思，敢自称自己是开悟老人确实是很有些狂气的，然而竟这样称了，说明老人也是底气十足的。

李老先生指着这块匾说："这是当年先师袁焕仙夫子创办维摩精舍讲学时刻的匾，'燃诸圣之心灯，续众生之慧命，揭宇宙之至理，轨万有之一行'四句便是先师拟定的维摩精舍宗旨。我现在也把它写来挂在客厅里，一是缅怀先师，一是让四方来听讲的人知道先师的境界、抱负、使命之宏大，来听讲不可轻慢懈怠。先师是开了悟的人，所以称自己为盐亭悟叟。

我的师兄南怀瑾是先师的大徒弟，我是先师的幺徒弟，大徒弟离开先师早，我一直陪在先师身边，先师这块'维摩精舍’的匾就传到我的手上，我一直扛着这块匾，讲了二十几年先师的学问。我这个盐亭老朽现在真正是既老且朽，要扛不动这块匾了。你正年轻，一定要立志扛起这块匾，把复兴中华文化，传承圣贤学问的旗帜举起。传统文化不能在我们的手中断了啊！”

我是受宠若惊，没想到第一次去见这位自称盐亭老朽的李自申老先生，就对我寄予那么大的厚望。我连忙说自己才疏学浅，差得太远，哪能担当这样的重任。李自申老先生连忙说：“君子当仁不让，不能推辞，要有‘为往圣继绝学’舍我其谁的气魄，年轻人要勇于担当。”看老先生这样急迫而不容分说，我也不敢再争辩，只有不置可否地唯唯应诺。

这时老先生又叫女儿拿出一部崭新的两函《维摩精舍丛书》赠我，并在书上题写了：“李里先生惠存：学而不厌，诲人不倦。盐亭老朽李自申识，甲申秋于蓉，时年八十又四。”老先生第一次见我，就对我有这样的厚爱与期许，让我既惭愧又感动。我又问起老先生，孔子像旁的对联是不是他作的，老先生笑着说：“惭愧得很，对仗不工，见笑了，见笑了。”我称赞老先生这副对联作得太好了。老先生说：“不敢当。”这便是我第一次去拜访盐亭老朽李自申先生的情状。这第一次的拜访让我最难忘的是平生第一次见识了禅门中人参话头、打机锋的讲学风格，和李自申先生对传承中华传统文化的强烈责任感与使命感。李自申老先生作的“大学之道在明明德，修道之本自觉觉他”的对联我更是无比喜欢，铭记在心。

在其后很多年的学习中，我终于明白“明明德”则是彰显人性的光辉，也即是全部儒家学问的根本；“自觉觉他”则是自我的觉悟和使他人觉悟，也即是全部佛家学问的核心。当我体会到这一层时，更是钦佩李自申老先生的通达了悟。

回去后，我就不断翻看李自申先生赠我的《维摩精舍丛书》。书名“维摩精舍丛书”几个字是清代最后一科探花、翰林院大学士、大书法家商衍鎏先生所题。广州商门四代都是大学者，商衍鎏的父亲商廷焕师从晚清学术宗师陈澧。商衍鎏的兄弟商衍瀛也是进士出身。商衍鎏的两个儿子商承祖、商承祚都是大学者，商承祖是南京大学外文系主任，商承祚是中山大学教授，著名古文字学家。商承祚的三个儿女也是知名教授、学者。

看到《维摩精舍丛书》竟是商衍鎏先生题的书名，我着实兴奋了一阵。《维摩精舍丛书》分两函，第一函收《榴窗随判》《黄叶闲谭》《中庸胜唱》《灵岩语屑》《酬语》五书，书名皆是清末民初一流的大学者、大诗人、大书法家谢无量先生所题。谢无量先生曾任国父孙中山的秘书长，师从国学大师马一浮的岳父、清末名臣汤寿潜，与马一浮是终身的挚友。商衍鎏、谢无量二先生都给袁焕仙夫子题写书名，也可见袁焕仙夫子的影响力。

第一函的内容皆是袁焕仙夫子所讲，以南怀瑾为首的袁门弟子轮流记录。第二函则主要是袁焕仙夫子的诗文、书信及杂著。全书以禅宗为根本，贯通三教、义理深邃、文辞雅驯，确是大家手笔。不过书中名相典故繁多，出经入史，微言大义，不加讲解，今人实难读懂。由此，我更觉得李自申先生在家中亲自讲授老师的书真是难能可贵、意义重大。

以后我与李自申先生的交往就多起来，既有到老先生家中的听讲请教，又有带各种人去瞻仰拜访，还有和老先生一起参加过三次活动。一次是成都文翁小学的国学堂成立仪式，我和李自申先生都受邀前往；一次是我邀请李自申老先生参加我在民国新文学作家李劼人故居举办的国学研讨会，这次的情形最为记忆犹新。

这次研讨会，我将我到成都后认识的诸位大德长老都邀请来，次第讲学，听者云集，盛况空前。

这些硕学长者有四川师范大学九十五岁的国学大师杜道生先生、成都师范大学九十岁的老教育家李仲耕先生、成都大学九十岁的心理学家张粹然先生、双流应天寺百岁方丈佛智老和尚、成都名老中医温茹秀女士。每位老先生都作了精彩发言。八十五岁的李自申老先生讲的题目是“维摩精舍缘起”。李自申先生一开始就幽默地说道：“今天到会讲学的都是老先生，只有我是小弟弟，最年轻，才二十五岁。”大家正莫名其妙之际，李自申先生又说：“我前六十年都虚度了，虚度了的光阴当然不能算数，只有掐来丢掉，丢掉了包袱才能轻装向前。二十五岁正是风华正茂，恰好和你们青年人一起精进。”说完全场笑声和掌声一齐响起。

言归正传后，李自申先生谈了袁焕仙夫子建立维摩精舍的来龙去脉和维摩精舍的成就和贡献。李自申先生说，和他同乡的袁焕仙夫子生于光绪十三年（一八八八年），自幼聪颖好学，倜傥不羁，工书善画，十三岁应童子试时名列前茅。

民国元年（一九一二年）袁焕仙毕业于四川法政学堂，后于政界、军界任要职。四十岁感国家多难、军阀割据、时局混乱、慨然弃官，潜心研究佛学，尤于禅宗兴味最浓，参悟十余载，遍访海内名师硕儒、高僧大德，六十三岁时豁然开悟。六十六岁时与同道潼南傅真吾、大竹萧静轩、巴县朱叔痴、荣县但懋辛、山西贾题韬等，在成都提督东街三义庙建成宣讲禅学的维摩精舍，公推袁焕仙夫子长住讲学。

一时听讲者潮涌，争相求教，国民党要人陈立夫、陈诚等都执弟子礼。在峨眉山闭关下山的南怀瑾正于此时入维摩精舍，拜在袁焕仙夫子门下。而自己入舍较晚，跟随袁焕仙夫子不到五年，维摩精舍停办，这是平生最大的遗憾。自己虽不像袁焕仙夫子的其他弟子那么大名博学，但最难得的是跟随袁焕仙夫子的几年是随侍左右，同吃同住，几乎形影不离，对袁夫子的身教体会最多，受用终身。

袁焕仙夫子留下的最大财富是《维摩精舍丛书》。此书是袁夫子融汇儒道释，妙阐大道，应机说法，度化群生的宏著，更是全面弘扬中华传统文化难得的好教材。

今天自己大师兄南怀瑾的众多著作其实都是在阐发《维摩精舍丛书》中的奥妙道理。自己晚年的讲学也都是讲的《维摩精舍丛书》。一九四九年后，袁焕仙夫子一直退居家中休养，但也不断接待来访者，随缘点化。“文革”刚开始，便以八十高龄悄然辞世。自己非常怀念袁焕仙夫子，晚年每年都要在袁夫子诞辰日带领学员共同缅怀纪念。这次李自申老先生的发言，让更多年轻的后来者知道了袁焕仙夫子，了解了维摩精舍，对

《维摩精舍丛书》产生了浓厚的兴趣，并有人立志要将李自申老先生讲解《维摩精舍丛书》的内容整理出来，让当代的人也能读懂文言所写、义理古奥的《维摩精舍丛书》。

李自申先生在讲维摩精舍及老师袁焕仙夫子的同时，也随时联系实际，将古圣贤及禅宗的道理用来阐明做人做事之道。我印象最深的是李自申先生讲《爱莲说》中“出淤泥而不染”一句，老先生讲出淤泥而不染的前提是“入淤泥”，不进入到淤泥中去，怎么知道你到底染与不染。没有得到名利的人说自己淡泊名利是靠不住的，你没有名利如何说自己是淡泊，只有有了名利还真正不为所动才能说是淡泊名利。

社会是个大染缸，你不进这个大染缸，怎晓得染与不染？必须深入这个大染缸走了一遭，还不为所动，才是出淤泥而不染。所以光在书斋里读书，就说自己得道了，是绝对靠不住的。书斋里读的书一定要拿到人生社会中去实践，方能真正受用，不然都是纸上谈兵。我对李自申先生讲的这一段通俗又深刻的话非常膺服，不仅自己一直身体力行，后来也经常讲给不同的学生们听。

一次是国学研讨会后的第二年夏天，我也受李自申老先生之邀在成都望江公园参加他组织的纪念袁焕仙夫子诞辰的盛会，参会者百余人。这次会因在暑间，李自申老先生脱去了平素厚厚的衣袍，只穿了一件白衬衫，没有戴帽子，而露出一头浓密的白发，显出难得的精神，会中还谈笑风生。我看到老先生那么健康，心里暗自庆幸老人在兹，斯文不丧，非常欢悦。

开会时李老先生的众多门生弟子都先后发言，阐发自己学习《维摩精舍丛书》的心得体会和巨大收获。很多人讲起自己跟随李自申先生学习圣贤之道后人生发生的巨大变化，都泪流满面、感慨万千，充满了对李自申老先生、对袁焕仙夫子、对中华传统文化的无限崇敬和感激，并呼吁中华传统文化、古圣贤之道应该让更多的人学习了解。散会时李自申老先生又亲切地拉着我的手，语重心长地对我说："李老师，我已经来日无多了，中华文化的传承弘扬要靠你了，你要担起这个担子，举起这面大旗……"我笑着回答老先生说："老先生，您是我们成都弘扬传统文化的大旗，您才八十六岁，身体也越发健康，定能久驻世间，弘扬正法。您大鱼前导，我们小鱼尾随其后就是了。"老先生无限感慨地说："盐亭老朽既老且朽，你莫取笑，我已是个空架子，强撑不了多久了。"

那次会后，我因看李自申老先生精神矍铄，身体健康，便非常放心，认为老先生再讲个十年的学是毫无问题的，没想到那年冬天，在我和李老先生那里同时听讲的学员突然打来电话，告诉我李老先生病重，很想见我。

我赶紧和家母去看望李自申老先生。这次李自申老先生病卧在床，比上次瘦了很多，脸色暗黄，精神很差，盖着厚厚的棉被。李自申先生的老夫人坐在床边，看到我和家母时显得很亲切，慢慢对我说："老伴每次讲了课都累得很。他讲课时，学员们都说他神采奕奕，精神很好，其实他是提起气来讲的，讲完等学员们走了，他就像大病了一场。我早就叫他讲不动就不讲了，他还是要讲，一直坚持，到最近身体越来越虚弱，又感冒，完全站不起来了，只有躺在床上。在床上烤着烘笼，盖四床被子，里面穿着棉袄，还觉得冷。”老夫人边说边叹息。这时，李自申老先生从被子里吃力地慢慢伸出手来，拉住我的手，用微弱的气息缓缓地说：“李老师，我要走了，弘扬中华传统文化的大旗只有你来扛了，你一定要担起这个担子……”老先生说话非常困难，我和家母都让老先生不要说了，好好休息。这时，我眼中忍不住泪如泉涌，家母也非常感动。我让老先生放心，我一定会按老先生吩咐的去做，一定不辜负老先生的重托。老先生听到我的话，终于满意地笑了，却是病中虚弱的笑，然后就闭上了疲惫的眼睛，几乎听不清声音地说：“对不起，我要休息了。”

没过几天，新历年的元旦就有李自申先生的弟子匆匆跑到我家，神神秘秘用车把我接到李自申老先生养病的地方。一进门我就看见李自申老先生戴着黄色毛帽子、穿着蓝色棉袄、腿上搭着棉毯、低头闭眼坐在客厅的沙发上。

当我上前低声去给老先生问安，才感觉老先生不是闭目休息，也不是睡着了，而是安详坐化。这时屋中李自申先生的弟子们才问我，他们都不敢确认老先生是熟睡还是真的走了，所以特别请我来看一看。我告诉他们，以我的判断，李自申老先生确实与世长辞了。

他们又对我说李自申先生去世前还专程到四川绵竹请百岁中医周元邠老先生看病，周老先生说讲李自申先生的寿数已尽，无须吃药，没想到真被周老先生言中了。周元邠老先生我也曾去拜会过，他住在绵竹城街边一个两间铺面之间的狭小夹缝屋里，过着“箪食瓢饮，人不堪其忧，回也不改其乐”的生活。他曾是清末成都五老七贤之一的大诗人林山腴先生的弟子。晚年他就在简陋至极的狭小屋里，每日做三件事：行医、读书、打坐。一派大隐于市的高人之风。周老先生都说李自申先生寿数已尽，李自申先生确实是油尽灯枯，走到生命的尽头了。

我非常难过又不舍地在李自申先生前给他磕了三个头，以作永久的告别。伤心之余，我又为李自申先生走得那么安详从容而欣喜，心想老先生一生的修炼真是非常圆满，修到了多少人都求之不得的寿终正寝，无疾而终。离开李自申先生那里，我又到异乡讲学，没能赶去参加李自申老先生的葬礼，心里非常遗憾。

李自申老先生走了，我心里既难过，又觉得自己身上的责任很重。李自申老先生确实有强烈的文化使命感，他自从接受袁焕仙夫子的圣贤之教，便终身奉行不辍，一有机会则努力弘扬，坚持不懈，鞠躬尽瘁，直到生命的尽头，不仅把自己燃烧殆尽，还时刻不忘找到继续燃烧的接班人。这种为往圣继绝学的崇高境界，蜡炬成灰泪始干的高尚人格怎不教人深深感动、无比敬佩。

李自申老先生对我更是非常厚爱，每次见我都让我要接过他手中继绝传薪的旗帜，而且知道我主要是讲儒学的，所以跟我讲话从不像跟其他人讲话那样禅语连连、机锋不断，总是直截了当、明白晓畅，不让我去苦参瞎悟。不过，老先生的这种垂爱，反让我少了领略禅学风味的机会，这对我来讲不能不说是一个小小的遗憾。

但由此也可以看出，李自申老先生虽讲的是禅学，却并不拘泥于禅学，而是真正领会了袁焕仙夫子融汇三家的精神，全面传承弘扬中华古文化，比单方面强调哪一家重要得多。李自申老先生对我的厚爱成了我以后前进的重要动力，一直鞭策着我。李自申先生多次反复地叮咛嘱托，更让我感受到身上责任的重大，我也应该像他老人家那样生命不止，弘道不已。

李自申先生去世以后，我还和内子去看望过李自申先生的老夫人几回。前两回九十多岁的老夫人看到我又欢喜又伤感，欢喜我还记着她，还去看望她；伤感的是老伴去世以后，曾经天天都门庭若市的家就长期冷冷清清、空空荡荡，以前那些随时去听老伴讲课的人几乎都再没见到过人影。我虽然心里很不是滋味，但还是只得安慰老夫人，说大家都很怀念李老先生和老夫人，恐怕因为太忙，等有空他们会来看望老夫人的。后两回我再去，李老先生的家门就紧闭着。我多方打电话询问才知年近百岁的老夫人已悄然离世。我心里非常自责，觉得自己虽去看望过老夫人，但对老夫人的关怀照顾还是太不够了。我只能在心里默默地怀念老夫人，祈祷一生积德行善、吃斋念佛的老夫人永归净土。

很多年过去了，有两件事足以告慰李自申老先生和老夫人。第一件是在李自申老先生家听讲的学员已通过几年的努力，将老先生讲解《维摩精舍丛书》的录音全部整理出来，编成厚厚的四卷《维摩精舍研读录》，由广西师大出版社正式出版。这使后来者能够轻松容易地读懂袁焕仙夫子的《维摩精舍丛书》，更让再也无法聆听李自申老先生讲学的青年通过此书可以遥想老先生的精神风貌，领略老先生的人格智慧。

书的开头有一篇李自申先生的门人整理的《盐亭李自申先生特别嘱咐》的文章。在这篇文章中，李自申先生千叮咛、万嘱咐，让大家一定要好好读《维摩精舍丛书》，并以自己一生的经验为证，讲读此书的不尽受用。还特别说道："我这二十年来，天天读，醒时睡时想，随时随地想，确实得到很多好处。所以我拜托大家，给大家磕头，好好读《维摩精舍丛书》，一定得到好处！"李自申老先生您的这些苦口婆心，今天已公诸天下，相信更多的人都会因为您的精彩讲解和谆谆教诲，真正走进您晚年一直宣讲的《维摩精舍丛书》。

第二件是我最想向李自申老先生和老夫人好好汇报一下的，李自申先生再三嘱咐我要扛起弘扬中华文化旗帜的遗言，我虽不敢说实现了，但也一步一步朝着这个方向努力，并取得了一点点微不足道的成绩。那就是在李老先生去世三年后，我终于办起了一所弘扬国学的公益学堂：传薪书院。传薪书院到今天已非常不容易地走过了十年的历程。这十年真是历尽坎坷、饱经风雨，经过三次搬迁，遭遇无数波折。

我三十四岁那年从洪河镇半边街的天人轩农家小院搬到十多里外的三圣花乡梅香湖畔，正式建起了书院。初建的书院面积不大，只有三四亩地，但略具规模。三年后，因梅香湖畔变为烧烤一条街，喧嚣嘈杂，不宜讲学，不得已搬到梅林外不远处的山岗上。第二次搬迁书院扩大到十亩左右，且因地制宜、精心打造，以竹建屋，厅堂园池、亭台楼阁、花木竹树，一应俱全。

六年后因政府改造，书院在全体师生精诚团结、众志成城的情况下，搬到两百余里外什邡湔氐山中的千年古刹龙居寺，效仿国学大师马一浮先生借乐山乌尤寺办复性书院的故例继续办学。为此，我还专门作了一副对联：“性复乌尤山江涌中流砥柱，薪传龙居寺云开天上人间。”书院第一、二次皆在城边租住农家院舍办学，交通便利。第三次移居深山古寺，则全然一派古代书院的意趣。书院是公益性质，虽有些具有圣贤情怀的实业家和书院许多善良学员们的捐赠，但对于十年高额的房租，支付教师、员工的工资，办《国学蒙正》报，刊印以《传薪丛书》命名的诸老先生们的著作，搞活动，赞化护生等的各种费用还是远远不够的，我必须四处讲学、卖字卖画来贴补开支。为节约时间、集中精力，在书院开办的第四年我辞去了四川师范大学的教席，专职讲学、办书院。

传薪书院之名出自《庄子·养生主》的“指穷于为薪，火传也，不知其尽也”。以自拟的“参天化地，继绝传薪”为院训；以自拟的“敬天爱国，重老孝亲。崇贤希圣，尊师睦邻。敦友扶弱，护生养心。端庄举止，诚德谨行。服食俭素，乐道安贫。见善思齐，闻过则欣。是非勿议，襟怀光明。节用惜时，记问必勤。专功泛览，博古通今。学益道损，气性和平。知止有守，体健神清。远来不易，临履战兢”为院规；以《礼记·礼运篇》中“天下为公”一段谱曲为院歌。书院设山门；讲学的传心堂、存诚讲堂、日彰阁；会客的天人轩、听梅轩；休憩的花雨亭、太和亭；办公的公私不二斋；吃饭的不易斋；藏书的书楼；饲养生灵的赞化园、禽鸟池；员工住宿的云喜楼；解便的放下馆等。

所有的馆舍上都挂满了众多我亲近过的老先生们和我题的匾额对联。传心堂是书院的中心，中供有孔夫子的像和诸先贤长者的照片。书院的教学分讲授蒙学的初级班，讲授四书及《古文观止》《唐诗三百首》的中级班，讲授五经的高级班，专门研习国学某门的研修班四个年级，每个年级学制两年，每月集中上三天课。正课以外，书院还有每年一次到各地文庙举行的盛大祭孔活动和每年两次到各名胜古迹的游学活动。数年中还请各界名家举办了无数场国学专题讲座。

最难得的是我的先师年过百岁的杜道生先生、族兄年过九旬的李炽昌老先生、我的佛门先生年过九旬的洪禅法师、老书法家九十余岁的严寄石老先生、百岁的女国学家叶曼老人、硕儒诗家一百零三岁的刘克生先生的公子九十余岁的刘香鲁老先生、年近九旬的乡贤李永康老先生都到书院讲过学。书院的专职教师除了我自己以外，还有尚健在的老先生和书院自己培养的教员，老先生有年过九旬的易学大家谢祥荣老先生、文史专家冯广宏老先生、年近八旬的古汉语教授李恕豪先生、古典文学教授刘德煊先生等。书院十年来培养了一大批在当今社会非常难得的、具有高尚情怀、丰厚学识、勤奋精进，本着志高、道正、情深、学博、意谦、释的、态庄、言切、语谐、书工十条原则，兢兢业业讲授国学的中青年教师。这些教师都立下了终身继绝传薪之志，要把李自申老先生这样代代相续的弘道事业传承下去。

李自申老先生，您虽自号盐亭老朽，您所苦苦叮咛的传承弘扬中华传统文化的伟大事业已后继有人，您可以不朽了。

二零二零年初夏清凉黄昏李里于传薪书院望南楼上

作中庸，子思笔，中不偏，庸不易。成都有南怀瑾先生师弟李自申先生，道高德厚，恒聚徒家中，与讲中庸胜唱，谈笑风生，字字珠玉，闻之者如当头棒喝。里亦尝往聆教并蒙厚期。

西南联大人

——怀念九十八岁小学大家刘又辛先生

刘又辛先生是我见过的唯一一位西南联大的学者。他身上体现的西南联大学人为民族复兴而努力治学的崇高精神，一直长久地感动着我、激励着我。拜谒过两回，有着蔼蔼仁者之风的小学大家刘又辛先生让我时常想起。

我心中一直有着浓厚的西南联大情结。青年时代在重庆佛学院任教时，读冯友兰先生的《三松堂自序》，读到抗战胜利后冯友兰先生奉命所作的气势恢宏的《西南联合大学碑记》，真是热血沸腾，激情澎湃，当时就能把全文背诵下来，因此对西南联大产生了无尽的向往。多年后我到云南讲学，专程参观了西南联大旧址。看到联大破破矮矮、铁皮顶、只有窗户没有玻璃的简陋平房教室，遥想那些年国破家亡之际，联大师生为保存中华文化在满天轰炸下辗转于教室、防空洞中认真学习的场景，我被感动得泪流满面。这样艰难困苦的环境下，却培养了无数的大师学者，怎不让人发自内心地深切景仰。

认识刘又辛先生是缘于先师杜道生先生的引荐。启功先生去世后，媒体得知启功先生与道生先生是同学，便前来采访。道生先生只淡淡地说，六七十年前自己在北京辅仁大学读书时，启功还是旁听生。对于刘又辛先生，道生先生的表述则不同。北大旧人已所剩无几，现在重庆还有一位刘又辛，在西南师范大学任教。他比道生先生小一岁，北大时也比他低一届，他们很投缘。刘又辛也研究文字学，一九四九年后他们都是《汉语大字典》的编委。刘又辛在北大刚毕业时，日本侵占华北，北大南迁昆明，与清华、南开组建西南联大，刘又辛又继续到联大读书，在昆明毕业。听闻道生先生的同学刘又辛先生竟在西南联大读过书，我无比欣喜，便壮着胆子提出想去拜访刘又辛先生。威严的道生先生非但没有反对，还说刘又辛先生是有真才实学的，若去，替他向刘又辛问好。

二零零五年寒假，我回到故乡，便立刻前往重庆北碚西南师范大学拜谒刘又辛先生。刘又辛先生住在西师竹树深处、芭蕉成荫的专家楼二楼上。

刘又辛先生在书房会客，书房的三面全是高高的书架，放满了书。有一面墙是窗户和阳台，窗前摆了一张大大的写字台，写字台上也摆满了书和正在写作的文稿。刘先生这年九十二岁，个子不高，脸方方的，几根长寿眉非常突出，神态慈祥，言谈举止间给人以仁者的强烈印象。

刘先生坐在书桌前的藤椅上，请我坐在他书桌旁的椅子上，然后与我交谈起来。起初，刘又辛先生以为我是道生先生的研究生。我告诉刘先生，我是川师的教员，平时跟随道生先生学习。刘先生很是称许，认为这种好学的精神在今天的青年中非常难得。刘先生说，在北大时他和道生先生住在同一个寝室，道生先生特立独行，很有趣。二十世纪八九十年代，他还经常到成都探望道生先生，现在他们都老了，想见面已非常困难。我把成都电视台拍的道生先生纪录片的光碟，用我专门带去的小影碟机放给刘先生看。刘先生边看边笑，最后乐得喜笑颜开。这欢笑中是久不见故人的喜悦，更是为道生先生孔颜乐处的超然生活而欢悦。

喜笑之余，刘先生慢慢打开了话匣子。刘先生说，他们这一代人生活在中华民族灾难深重的岁月，自然就有很强的历史使命感。他之所以走上语言文字研究的道路，也是强烈的历史使命感使然。他读书的时候，抗战连着内战，中华民族面临生死存亡的关头，读书人所能做的事就是学术救国。在北大和西南联大的课堂上，好几次听先生们流着泪讲，中华民族有五千年的文化，这种文化不灭亡，中国也不会亡，我们有责任把中国文化传下去。他就是受了这种思想的深深感染而走上了治学之路。

接着，刘先生又给我讲起他的身世经历。他生于民国二年

（一九一三年），与季羡林先生同乡，都是山东临清人。他的父亲终身从事小学教育，抗战中曾把家中的三间正房捐出，办了一所武训学校的分校。他的父亲很博学，新学、旧学都能教，是他的启蒙老师。他小时候记忆力差，几百字的文章要读十几遍才能背诵。他的弟弟就很聪明，读一两遍就能背了。因此，他的父亲让他养成苦读的习惯，每天清晨还在被窝里，他的父亲就给他提问。平时走路时，父亲也提问，一分钟都不放过。一年只在过年时才放一天假，其余时间都是读书。他一生勤苦治学的精神就是从小由他父亲培养起来的。初中毕业后，因父亲一人养活八口之家，已无钱供他深造。幸遇他的一位同学肯为他出学费，邀他到北平读高中，他才有机会考上北大。他对他的父亲和这位同学都充满了无比的感激。

他在北大求学期间又遇到了一批大师级的先生，像胡适、闻一多、沈兼士、冯友兰、钱穆、顾随、魏建功、唐兰、马裕藻、余嘉锡、罗庸、罗常培等。这些先生都给了他极大的影响。说到这里时，刘先生特别提到，这些先生也都同样教过道生先生。罗常培先生教的语音学课对他启发最大。罗先生用欧洲语音学的方法讲述汉语音韵问题，很多传统小学家讲不清的东西，一经罗先生分析便清晰易懂，让人叫绝。他以后走上小学研究的道路，罗常培先生有决定性的影响。沈兼士、唐兰、魏建功这几位先生讲的文字、音韵、训诂都对他帮助极大。尤其是钱穆先生讲自己自学成才，一部《史记》读过十几遍，每一遍都能解决若干史学问题。他自己立志治学十多年，只有三天没看书，其余从未间断。刘先生能够六十余年治学不辍，钱穆先生的教诲对他是巨大的鞭策。闻一多先生讲《诗经》，他听过两次：一次在北大，一次在西南联大。在北大时，闻先生刚结束新诗创作，第一次讲此课，资料收集得非常丰富，但只抄在黑板上，几乎不发挥，靠自己理解。抗战中，北大、清华、南开三校师生南迁，从长沙步行到昆明，闻一多先生也在其间。他建议沿途收集民歌，并编成《西南采风录》。到昆明后，他又研究云南少数民族歌舞，并将这些研究与《诗经》联系起来。再次在西南联大重讲《诗经》时，大获成功。讲起很多诗，让人有如见其人、如闻其声的感觉。

抗战爆发时，刘先生在北大的东斋宿舍都能听到西南方卢沟桥的炮声。他被迫休学，回到家乡参加一段时间的抗战工作。后来听说北大已迁至昆明，他便到西南联大复学，想重温治学梦。但从山东到云南，因为战乱，足足走了一年。

刘先生在联大毕业后即留校执教，抗战胜利后三校北返，剩下一个师范学院，改名昆明师范，算是三校在昆明的分校。他被留在这里教国文、国语语法、音韵学等几门课程，著名国学大家罗庸先生担任中文系主任。当时学院办了一个《云南论坛》的杂志，他和罗庸、钱穆等先生一同担任编辑。不久全国将要解放，国民党在昆明的白色恐怖愈加厉害。支持同情爱国学生的中文系主任罗庸先生被国民党列入黑名单，不得已，罗庸先生到了重庆北碚梁漱溟先生办的勉仁书院。刚到勉仁书院将满五十岁的罗庸先生便中风，第二年刘先生受学院之托专程到重庆看望罗先生，不想罗先生已去世了。

到重庆后，刘先生未再离去。新中国成立的第三年

（一九五二年），大学院系调整，刘先生便到西南师范大学中文系教书，一直教到一九八七年七十四岁时才退休。

这期间，他有两次治学的高峰：一是解放初，一是“文革”结束后。解放初，他是怀着民族新生的巨大喜悦，废寝忘食地忘我工作，备课、写讲义、研究汉字史，参加各种会议，简直不知疲劳。还和张志公、陆宗达、萧璋、黎锦熙等诸位知名语言学家共同编成了《现代汉语教学大纲》。“文革”期间无奈专研中医，并做起业余医生，还写成几十本医案。改革开放后，精神的枷锁卸去，看到民族的日益振兴，他感到前所未有的舒心，把所有的精力全部投入到教学和学术研究中，并把自己几十年想要完成的工作完成，写了大量的语言文字学著作。

说到这里，刘先生异常喜悦。他说，晚年这二十多年是他最幸福的时光，他从未感到这么安定、舒心、乐观。他看到祖国各项事业蒸蒸日上，看到人民生活日益提高。回忆起过去的困难，想起今天的美满，他经常和老伴一会儿泪流满面，一会儿破涕为笑。但在清夜自问时，他又常常觉得自己所学太少，对祖国的贡献太小，对不起这个伟大的时代。他现在虽已九十多岁了，每天还在不断地写作，要用他微不足道的劳动为中华民族的振兴出一点力。听到这里，我被九十二岁的刘又辛先生的精神深深打动，情不自禁地跪下去给刘先生磕了三个头，以表达对刘先生的崇敬。刘先生非常激动，从藤椅上站起来，俯下身紧紧握住我的手，哽咽得半天说不出一句话。

我扶刘先生坐下，刘先生渐渐平静下来。刘先生无限感叹地说：“我现在还能有这样的奋斗精神，就是缘于我的老师罗庸先生。”说起罗庸先生，温和的刘先生又有些激动。他说，罗庸先生是他一生中最敬重的师长。在他人生中最困难的时候，一想起罗庸先生，他便会从绝境中振作起来，重新燃起对文化学术的希望。刘先生讲，罗先生很可惜，只活了五十岁，但在五十岁前，他在国学上的研究，无论是孔子思想、诸子学说，还是文学史，都已取得了巨大成就。

刘先生回忆罗庸先生在北大上课时，总是神采奕奕，语调铿锵，一手漂亮的欧体字将黑板写得满满当当，像一幅绝佳的艺术品，连擦黑板的工友也舍不得擦。罗庸先生做学问一丝不苟，经常因备课而通宵不眠。没有研究透彻、成熟的东西，绝不示人。因此，罗先生在临终前将自己大量珍贵的讲义文稿全部焚烧，就是不想把不成熟的东西留下贻误后人。说到这里，刘先生不断感叹当时没有弟子在他身边，未来可以将罗庸先生的这些手稿分门别类地保存下来，付之一炬真是巨大的文化损失。等他从昆明赶到重庆，罗庸先生的文稿已全部烧完。中风瘫痪在床的罗庸先生见到他，用还能动的左手拉着他，哭得泪流满面。他当时痛心疾首。正联系医院给罗庸先生治病时，罗庸先生便与世长辞了。现在他唯一保存的罗庸先生的遗物便是罗庸先生用过的拐杖，这根拐杖他已拄了几十年。中年时代很多人就不理解他为什么拄杖，以为他是脚不好，其实不知他这样做是为了纪念罗庸先生。

刘先生还讲，罗庸先生是清代扬州八怪之一罗聘的后人，生于八国联军入侵中国的庚子年（一九零零年）。十七岁便考入北大国学门，先后任教于北大、北京女师大、浙大、中大、西南联大等。罗庸先生与鲁迅先生交情深厚，鲁迅先生非常敬重罗庸先生的学识和人品，自己写的文章经常请罗庸先生品鉴。在北京女师大和中山大学执教时，两人曾共事。刘先生又告诉我，《西南联大校歌》就是罗庸先生作的。这首校歌歌词我很熟悉，便给刘先生背出来："万里长征，辞却了五朝宫阙，暂驻足衡山湘水，又成离别。绝徼移栽桢干质，九州遍洒黎元血。尽笳吹弦诵在山城，情弥切。千秋耻，终当雪。中兴业，须人杰。便一成三户，壮怀难折。多难殷忧新国运，动心忍性希前哲。待驱除仇寇复神京，还燕碣。"听到我背出的歌词，刘先生竟热泪盈眶。

刘先生饱含深情地说，罗庸先生用《满江红》调所作的西南联大校歌，既是他个人爱国情怀的抒发，更是西南联合大学全体师生的心声。为什么西南联大的先生们在那样艰苦的环境中能写出那么多至今仍闪烁着光辉的著作？因为他们不是单纯的教授、老师，他们更是战士，是不拿枪的战士，他们在特殊的战场上为中华民族的前途而战斗。我越听越激动，忍不住说："清华大学校长梅贻琦先生讲：'大学者，非有大楼之谓也，有大师之谓也。'西南联大没有大楼，却有一批称得上民族脊梁的真正大师。"刘先生无限感慨，久久地望着我，仿佛颇惊讶，我这个青年还有这样的情怀。良久，刘先生才说："你能背出这首歌，太好了，太难得了！"

刘先生喝了口水，接着说，西南联大师生的生活，今天的大学生是无法想象的。闻一多先生这样有名的大学者，连烧炭的钱都没有，闻师母还经常到学校的树林中捡柴来烧。罗庸先生家里也经常是吃了上顿没下顿。联大的学生们没有读书自习的地方，每天晚上都跑到学校外的茶馆读书、做作业、讨论。西南联大附近因此开了十几家小茶馆，每天晚上茶馆里全是联大苦读的学生。记得杨振宁每天裹着破衣服，穿着破皮鞋，一拖一拖地进出茶馆的样子。就是这样的联大，在八年抗战中培养了大批人才，遍布国内外。有些成了振兴中华的栋梁，有些又成了赫赫有名的学者，有些虽深居海外，仍不忘自己是炎黄子孙，为民族中兴献计献策。

刘先生认为，现在的大学一定要发扬西南联大的精神。这样才能够真正培养出振兴中华大业、德才兼备、矢志不渝的人才。说到此，刘先生又颇为自豪地讲，二十世纪八十年代以来，他培养了四届九名研究生，没有一人下海的，都坚守在自己的教学、科研岗位，并做出了可喜的成绩。听罢，我激动得给刘先生鼓起掌来。我说："刘先生讲得太好了，刘先生所说的、所做的正是现在这个时代所急需的。"刘先生又紧紧握住我的手回答道："我很羡慕道生先生有你这样的学生。我虽老矣，我们共同努力吧！"

和刘先生一席畅谈后，到北碚出差的母亲也赶来看望刘先生，并给我和刘先生合了影。临行时，刘先生请我代他向道生先生问候，又送给我两本他的著作：《汉字发展史纲要》和《汉语汉字答问》，并在扉页上题下："李里学友正之，刘又辛赠，二零零五年一月"。离开刘先生家后，母亲也感叹，她虽没有怎么听到刘先生的话，但她分明感到刘先生身上的仁厚与慈祥。辞别刘先生后，刘先生蔼然仁者的风范与西南联大学者对国家民族一往情深、学术报国的情怀常常萦绕在我的脑中。每每想起刘先生，感觉他温柔敦厚，又让人肃然起敬。

经常想再去看望刘先生，可是那几年又要上川师大的课，又要上空林佛学院的课，又要上大慈寺的课，又要备众多的课，还要写书，还要每个周末全国各地讲学，忙得不亦乐乎。几乎没有闲暇，好几年未回过故乡。再拜访刘先生已是四年后，依然是冬天的寒假。

这年刘先生已九十六岁，看上去比上一次老了许多，寿眉更长了，龙钟之态里更显得慈祥。上次刘先生是一人在家，这次有七旬的儿子陪着。还是坐在上次的书房里，刘先生与我的座位都没变。

这回我将新出版的《论语讲义》送给刘先生，刘先生非常高兴，一直拿着翻看，看了许久。然后对我讲，他在大学开设古文献专书导读课时，讲了几年《论语》，对《论语》有很深的体会，尤其是对其中所体现的“仁”。仁是爱人。在奴隶社会奴隶主不把奴隶当人看，奴隶同马牛羊一样，可以买卖、赏赐、杀戮、祭祀、殉葬。孔子看到当时社会不把人当人的现象，才提出了“仁者爱人”的崭新命题。这是人类文明史上第一次出现的新思想。“仁者爱人”既然是针对奴隶社会不爱人提出来的，这样讲孔子就是进步的，不是反动的。刘先生还特别从文字学的角度讲了，战国时期的“仁”字写作“忎”。仁字由“人”和“二”组成，表示心中想着他人。忎字一个千一个心，表示心中想着千千万万的人。一个人不仅是为自己考虑，心中也要装着大家，这便是孔子思想的伟大性、先进性。

刘先生因此说，研究小学的目的就在于深入理解古代经典，然后从古代经典中寻找到对当代精神文明建设有用的东西，进而建设时代和未来需要的新文化，这也是像他这样研究小学的学者能够为民族复兴做的一点工作。这个工作虽然小，但意义重大。听了刘先生对孔子思想的见解，觉得高屋建瓴，给了我巨大启发。

刘先生由此谈到他研究的小学以及他在小学上的创见。刘先生讲小学是国学的重要组成部分，按照国学经学、史学、子学、集学的分类，小学隶属于经学。在清代以前，小学是经学的附庸。清朝以后，出现了众多的小学大师，小学壮阔地发展起来，蔚为大观。小学是为了读懂儒家经典而产生的一门学问，它包含了文字学、音韵学、训诂学。他在小学的研究上是从假借字的探讨入手，发现假借字是表音文字初级阶段的标志，并以此为突破口，取得划分汉字发展史为表形、假借、形声三阶段的新论，并得到学术界的高度肯定。他上次送我的《汉字发展史纲要》就是这项研究的成果。说到这里，刘先生长长地感叹，他这个成绩的取得整整花了近六十年的时间。可见学术研究并非易事，来不得半点虚假，要真正有一点突破，往往要花毕生的精力。

这次我去拜访刘先生，我八十五岁的外祖母因到西师看望她的老同学，也与我同行。外祖母青年时代在女子师范学院读书时，见过国学大师吴宓先生，因此向刘先生询问起吴宓先生。刘先生回答外祖母，他从二十世纪五十年代到西师任教，和吴宓先生同为院务委员会委员，因此过从甚密，同事了二十余年。

“文革”中又被分在一个资料室学习，对吴宓先生深为了解。吴宓先生在清华大学和西师都是外文系的教员，全国外文系教学体系的框架基本皆为吴宓先生设定。吴宓先生的成就主要是比较文学，是中国比较文学的奠基人，也是季羡林、钱锺书的恩师。同时，吴宓先生对中国传统文化一往情深，卓有见地。任清华大学国学研究院主任时，王国维、梁启超、陈寅恪、赵元任四位导师都被他所聘。当时陈寅恪先生在国内鲜有人知，完全是在吴宓先生力主下才聘到的。没有吴宓先生，也就没有后来名动天下的陈寅恪先生。吴宓先生曾多次对他讲：“我的老友陈寅恪和我的学生钱锺书是人中龙凤，我们都是普通人。”

刘先生最后总结说，吴宓先生对四个反对的问题有自己独到的见解。一是反对汉字走拼音化道路的问题。他认为这是正确的，汉字一旦拼音化，由汉字构建的中华文化就会崩溃。二是反对汉字简化的问题。他认为汉字的简化是汉字发展的历史规律，关键是如何简化的问题。三是反对白话文的问题。他认为五四时期的白话文很不成熟，更无文采，反对也是有道理的。但吴宓先生又热爱《红楼梦》，《红楼梦》就是白话，说明吴宓先生并不是反对一切白话。四是反对批判孔子的问题。他认为这也是非常正确的。外祖母与我都听得非常喜悦，平素虽然经常看到关于吴宓先生的书，但在这里亲耳听到与吴宓先生相交多年的大学者讲述吴宓先生，并有精彩的评论，真是感到非常荣幸，且大有收获。临行时，刘先生又赠了我一本商务印书馆出版的新著《刘又辛语言学论文集》，我又和刘先生合了影。

两次拜访刘又辛先生：第一次深切感受到刘先生身上西南

联大学者既仁且勇的精神；第二次又深切感受到刘先生的大智慧。在第二次离别后的多年中，我慢慢地阅读学习了刘先生送我的几本著作，再一次深切地感受到刘先生学问的精深，尤其是在文字学和训诂学方面的造诣。

其中关于假借字，以前在学古汉语和文字学时都没有学得非常清晰。读了刘先生众多关于假借字深入浅出的论述后，才确切地明了假借字在造字中的重要意义。许多表示抽象意义的字是没有办法用象形和会意的方法来造的，只有借一个声音相同的字来代替，而这个字曾经的意义就彻底抛弃，被借用来的意义则长期保存。比如“难”，这个字的本意是一种鸡，当它借来表示困难的难的意思后，难的音保留了，表鸡的意义就永久消失了。更重要的是，刘先生发现假借不仅是造字的方法，更是一个重要的造字时代。先贤在最初很漫长的阶段造的字都是直观的象形文字，这种字的字形和字义是完全一致的。象形、指示、会意都是这种表形的文字。当象形文字普遍以后，先贤们就借象形文字中的许多字来表示抽象难以描绘的字，这种字只保留了原字的读音，而字形已与新的字义毫无关系。因此，假借字就走上了表音文字的道路，这又是一个漫长的时期。经过这个时期以后，表音为主的形声字就大量出现，这便是造字的最后一个阶段。第一个表形文字阶段大约在商朝以前，第二个假借字阶段是商朝到秦以前，这个阶段的假借字占了百分之七十，表形文字占百分之二十，形声字只占百分之十。第三个形声字阶段是汉朝以后。当然，刘先生还有许多关于同源字、异体字、各民族文字比较、方言等的创见，这里就不一一细说了。

刘先生的《语言学论文集》分“文字篇、词源篇、书序篇、治学篇”四个部分。在“治学篇”中，都是刘先生关于自己生平、经历、师长、治学精神的文章，这些文章所记大多都是两次拜见刘先生时刘先生给我谈的内容，不过更为详细丰富。读这些文章，刘先生与我交谈时的情景经常浮现，虚虚实实。时间久远后，大脑中的记忆已辨不清哪些是刘先生给我讲的，哪些是刘先生文中所记的。然而，刘先生作为西南联大学者身上那一片为国家民族的强盛而奋发治学、唯恐后人、至死不渝的崇高精神，却是非常实在地展现在刘先生的谈话中和众多文章里。我第二次拜访刘先生的两年后，九十八岁的刘先生与世长辞。听说刘先生直到临终都还在写作，他要实践他用垂老之身的微薄力量为民族振兴做贡献的诺言。听到这样的讲述，我忍不住流下泪来，又再一次被刘先生的高尚情怀深深感动。

作为西南联大人的刘先生虽然去世了，但西南联大人的精神却永远镌刻在了刘先生的著作中。读着这些著作，西南联大人一生为祖国、为文化勤苦耕耘的形象不断激励着我，教我不敢松懈，要像他们一样为弘扬中华优秀文化奋斗终生。

二零二一年暑未尽而秋意浓之

午前急雨中李里于蜀中雍城既济未济匾下

读书志在圣贤。西南师范大学有著名刘又辛老学者，时年九十有六，与杜道生先生为北大同学，两先生皆每以读书志在圣贤诲人。

二十五孝

——怀念九十三岁孝子刘香鲁老人

《二十四孝》是元朝大孝子郭居敬在双亲去世时，悲不自已中编写的用以遣散自己悲怀的书，书中收录了中国历史上有名的二十四位大孝子的感人事迹，旧时代的读书人无不耳熟能详，深受影响。我的童年时代就常听外祖母讲起“老莱戏亲”“王祥卧冰”“郭巨埋子”“孟宗哭竹”等不可思议的神奇故事。后来研习国学自然对二十四孝的人物都烂熟于心，深为景崇。更知那些不可思议的事都是大孝的至诚之心所发出的感应，并无什么可怪，正应了宋儒所讲的：天地间只此感应二字，无感不应，不怕不能应，只怕不能感，感之深则应之切。感应到极致则一切不可思议的神奇故事都可以发生。在我的生命历程中，竟也遇到一位至孝的老人，其事迹足以和二十四孝中的人物比肩，我把他称作第二十五孝。孝的行为有不同的表现，这位老人孝行的最感人之处便是“善述人之事”。《中庸》曰：“夫孝者，善继人之志，善述人之事者也。”意思是：孝就是善于继承先人的志向，善于传述先人的事迹。

我所称的这位“善述人之事”的第二十五孝的老人就是活了九十三岁的刘香鲁先生。刘香鲁先生何许人也？正是蜀中百岁大儒、诗坛泰斗刘克生老先生的公子。刘香鲁先生的大名是从我知道刘克生老先生开始就听闻的。刘香鲁先生对刘克生老先生随侍左右、无微不至的照顾是从退休后直到刘克生老先生一百零三岁仙逝为止的。刘香鲁先生对刘克生老先生事业成就不遗余力地宣传弘扬，是与自己的生命相始终的。

对于刘克生老先生，我是有高山仰止的崇敬与深情似海的怀念的，这崇敬与怀念在刘克生老先生一百零三岁辞世时早已写在《仰止高山——怀念百岁诗翁刘克生先生》一文中。那时并未想到要写刘克生老先生的公子刘香鲁先生，因为当时所有的情感都深深倾注在刘克生老先生身上，对于刘香鲁先生并未过多关注。刘香鲁先生真正让我肃然起敬、由衷感佩，升起一定要书写他的愿望，已是刘克生老先生去世几年以后的事了。

十八年前，我饱学的旧学先生周汝森老人对我说，他崇拜得五体投地的九十五岁的刘克生老先生时，就告诉我刘克生老先生住在乐至县商业街，要联系刘克生老先生都要找他的公子七十五岁的刘香鲁先生。至此刘香鲁先生的大名便刻在我的记忆中。

十五年前，我的旧学先生周汝森老人去世一年后，我第一次到乐至县商业街二十五号拜谒九十八岁的刘克生老先生时，开门的恰是刘克生老先生的公子七十八岁的刘香鲁先生。我因终于见到周汝森老人崇拜得五体投地的刘克生老先生，而喜出望外地请教刘克生老先生。刘香鲁先生则一直毕恭毕敬、和颜悦色地坐在父亲的身边，或时而把茶杯递到父亲手上提醒父亲喝水，或时而提醒父亲休息片刻，或时而补充解释父亲讲话的内容，或趁父亲休息时向我介绍刘克生老先生在古典文学上的卓越成就，介绍时总是一口一个家父，眉宇间流出无比的自豪。临别时第一次的合影，便是刘克生老先生、刘香鲁先生父子与我。以后几乎所有和刘克生老先生的合影无论站的、坐的、行走的、吃饭的、会客的、写字的，有意无意间都有刘香鲁先生的身影。

从此到刘克生老先生一百零三岁辞世的五年间，我每次去拜访刘克生老先生，刘香鲁先生几乎都是寸步不离、毕恭毕敬、无微不至、和颜悦色地侍奉在父亲身边。照顾父亲之外，刘香鲁先生最津津乐道的便是无比自豪地一口一个家父地介绍父亲的身世、经历、交游、成就。刘克生老先生高古静穆、虚怀若谷，开口所谈尽是无边无际的学问，几乎从不讲自己辉煌与苦难的过去，而我对这些经历的了解绝大部分来自刘香鲁先生。

刘香鲁先生的个子和父亲刘克生老先生差不多高，但身体却比父亲胖一圈，脸也比父亲圆一圈，头上跟父亲一样是秃顶，眉毛和父亲一样是黑黑长长的寿眉，和父亲一样戴一副金丝眼镜，和父亲一样脸上没什么皱纹，和父亲站在一起，根本不像父子，而像兄弟。圆圆胖胖、头发秃顶、戴着金丝眼镜随时坐在父亲身边，给父亲端茶递水，一有闲暇便对客人无比自豪地一口一个家父讲述父亲经历成就的样子，便是刘克生老先生去世为止，刘香鲁先生定格在我脑海中的画面。

从那时到今天，我对刘香鲁先生经历的了解都微乎其微：只知道他曾经是小学校长；之所以没有继承父亲的诗文事业，是因为从小就给父亲铺纸磨墨、洗笔端书，反而厌烦了笔墨生涯；六十九岁时妻子去世，妻子去世后就一直和父亲相依为命，直到父亲去世。正由于此，那时我对刘香鲁先生的认识，就是当代的老莱子，我还把刘香鲁先生像老莱子般侍父至孝的事迹写进了拙著《论语讲义》中。至孝而外，我却觉得刘香鲁先生没有父亲的高古，没有父亲的学问，没有父亲甘于淡泊的崇高境界，却有些看重世间的虚名。然而后来才发现那时的认识是多么地肤浅与偏颇。

刘克生老先生一百零三岁去世时，刘香鲁先生八十三岁。两年前，刘香鲁先生以九十三岁辞世，整整十年间，刘香鲁先生只在做一件事，就是倾其所有地搜集、整理、抄誊、编辑、校对、刻印、出版父亲刘克生老先生的全部遗稿，直到花光自己所有的积蓄、老病交织、目昏眼花、卧床不起、离开人世。

刘克生老先生去世以后，我和刘香鲁先生的交往反而多起来，刘香鲁先生到我办的传薪书院来讲过两次学，来参加过先师杜道生老先生的百岁庆典，给我写过十余封信，给我送了许多书和资料，我书院的学生还和刘香鲁先生建立了深厚的友谊。然而这十年的种种交往中，我对刘香鲁先生经历的了解并未有任何的增加，以至于今天写起刘香鲁先生都觉得非常苍白，心中更感到无比的愧疚，这苍白与愧疚反使我愈加感动和崇敬刘香鲁先生。为什么十年的交往都未曾对刘香鲁先生的了解有丝毫的增益呢？因为刘香鲁先生虽然父亲已经过世了，但无论和我见面，或是书信，还是来书院讲学，所有的话题都依然是家父，从未只言片语说起过自己的过去。

九十岁的刘香鲁先生来书院给国学讲习班第一届、第二届的学员做过讲座，讲座的内容都是“我的父亲”。他对父亲的经历、学问、人品、成就如数家珍。刘香鲁先生两次讲座前，都戴着老花眼镜工工整整写了厚厚二十页左右的讲义，两份讲义的内容几乎没有什么差异，只是第二份讲义中叙述父亲事迹的细节更详实了。两次讲座皆出人意料地大受欢迎，原因当然一是刘克生老先生本人的巨大魅力，二是刘香鲁先生讲起父亲来绘声绘色、滔滔不绝、一往情深还风趣幽默。

刘克生老先生在中国算是一流的大学者，学问之渊博如汪洋大海不可望其涯。在讲台上刘香鲁先生把父亲的学问讲得头头是道，清清楚楚，精要准确，简直让我震惊。其实刘香鲁先生的学问也是达到相当水平的，没有这样的水平是不可能讲清楚的。

比如，刘香鲁先生讲诗在音律上的最高境界是：“一句诗中四声具备，五音俱全”，这样的境界历史上只有几位诗人达到了,而他的父亲通过几十年的努力在晚年完全纯熟地掌握了。

所谓“四声具备，五音俱全”，就是指一句诗中的字不仅有平、上、去、入四声，还有宫、商、角、徵、羽五音。再比如，他讲二十世纪八十年代中期黄鹤楼重建落成向海内外征稿，父亲被选上至今仍悬挂在黄鹤楼的七律《颂黄鹤楼重建》：“江山旧迹更新貌，昭代文明起画楼。望眼高随黄鹤远，吟怀长共白云悠。凌霄杰构雄三镇，摹绘神工窘十洲。俯仰古今谈胜概，情豪湖海不知愁。”有两个绝妙之处，一是全诗押韵的字“楼、悠、洲、愁”与唐朝大诗人崔颢的千古名篇《黄鹤楼》诗押韵的字完全相同，二是第一句诗用了作诗中的一个绝活“一步入题”。这样精深的学问，今天一般学文学的人都恐怕闻所未闻，更不要说熟悉了解了。通过这两次的讲学，我才深深地认识到刘香鲁先生并不像我以前所认为的没有什么学问，而是很有学问的，只不过被父亲的光芒掩盖了。当然和父亲比起来，他也并不觉得自己有学问，另外他也志不在此，所以也就从不以学问示人。

讲学中，刘香鲁先生还非常诙谐幽默，时常逗得在场学员哄堂大笑。诙谐幽默的背后是刘香鲁先生对人情世故、世态人心的深刻洞悉，和长期受父亲耳濡目染与久历人世的广博见识。只是时间久远，我已记不起刘香鲁先生是如何诙谐幽默的了，但记得书院的学员们很喜欢听刘香鲁先生的讲座，听了一次两次还想听，并多次向我提起要再请刘香鲁先生来讲座。至于我却是深刻地感受到刘香鲁先生有“世事洞明皆学问，人情练达即文章”的豁达与智慧。

传薪书院给先师杜道生老先生举办百岁庆典时，八十八岁的刘香鲁先生从几百里外专程赶来庆贺。刘香鲁先生发言讲："家父百岁寿辰时，九十五岁的杜老从成都坐了两三个小时的车来乐至给家父贺寿。今天杜老百岁华诞，我代表已故的家父也来给杜老拜寿。"说毕，刘香鲁先生便给杜老深深三拜，在场的来宾都非常感动。

刘香鲁先生给我的十余封信，所有的内容皆是谈父亲去世以后他一个人在家，日以继夜地整理、抄誊、编辑父亲遗稿的种种情况。这些信第一让我惊讶的是刘香鲁先生的书法。这些信有些是用毛笔写的，有些是用钢笔写的，无论毛笔还是钢笔字迹都像极了父亲刘克生老先生。刘克生老先生的字是脱胎于欧阳询的欧体，刘香鲁先生的字也是欧体，一看就完全是跟父亲学的，并非直接临习欧体。刘克生老先生的钢笔字是一笔一画、工工整整，刘香鲁先生的钢笔字也是一笔一画、工工整整。乍一看刘香鲁先生的字就像是父亲刘克生先生的字，很难分辨。认真看才看得出来，刘香鲁先生的字在结构上与父亲没有多大差别，只是功力不如父亲。如果父亲的功力是十成，那么儿子的功力也有六七成。

第二让我惊讶的是刘香鲁先生坚韧的毅力。几乎每封信中刘香鲁先生都谈到自己的身体每况愈下，越来越差，然而身体再差也没能阻挡刘香鲁先生编印父亲遗稿的坚定。比如："最近我身体不好，经常心脏作痛，吃一杯西洋参水，不到五分钟便缓解了。这个月大便失禁两次。我感到肩上的担子更重了。家父没有传人，他的学问在他的作品中一定会反映出来。我所掌握的资料，已付印完了，还有没有办法可想呢？办法还是人想的。家中有十多本大型诗刊，刊登的是海内外征稿入选作品，另有省市县的诗词学会办的刊物，如果将其中家父的作品汇集起来，不就又是一本书了吗？”

又如：“去年底我就病了，胃痛，有包块，专家建议开刀，我八十九岁了，开刀对身体不利，请求保守治疗。明年九十岁了，是个关口，我想凭家父的遗传基因是可以过去的。病中整理资料错误多，如我把家父《闲适吟》诗中‘爱煞朝阳恋夕阳’一句的‘恋’字写成了‘恶’字，立场都变了，真是该打。”再如：“最近抄写家父的资料很乱，九十已过，真是年龄不饶人，再加气候不好雨水多，白天抄写，光线差又不集中，只好夜晚在台灯下工作，老眼昏花，越抄越乱。第五本资料整理完后，当天晚上眼睛便看不见字了。现在只有另想办法，剪贴稿子，请人打印。问题又来了，打印的人水平低，家父诗词古文中的很多字都认不得，错误更多，我只有每天早晨趁天光好校对一点，多校一会儿眼睛又看不见了。”更如：“家父的文稿大多都在成都印的，一会儿又要校稿子，一会儿又要补照片，一会儿又要审书样，一会儿又要签字准印。这几年往返成都乐至，不知道跑了多少趟，大巴车都坐够了。售票员讲我九十多岁一个人赶车，胆子真大。”

刘香鲁先生忍受身体的衰老病痛，历经千辛万苦，以一般老人难以想象的坚韧，在九十三岁去世以前将父亲刘克生老先生九十年间写的一万余首诗、三千余首词、百余篇古文、四十余篇骈文、二十余篇辞赋、一百余副对联全部刻印出来。

刘克生老先生的诗文集生前只出版过一本，也就是刘克生老先生百岁大寿时刊印的《石缘阁杂咏》。刘克生老先生去世以后，刘香鲁先生通过各种途径将父亲刘克生老先生平生的作品编印成了厚厚的七大本，有诗集、词集、古文集、辞赋集、骈文集、书法讲义、各界书法家录写刘克生老先生的诗词书法集。这些集子有的是刘克生老先生的手稿影印本，有的是铅字本，有的是十六开的大本子，有的是三十二开的小本子，有的是正式出版，有的是私下印刷，刘香鲁先生总名之曰《石缘阁丛稿》。

在印刷出版《石缘阁丛稿》的最后两本时，刘香鲁先生专程到成都找过我一次。告诉我，他一辈子的所有积蓄近十万元钱，父亲在的时候拿了一部分长期给父亲买人参吃，父亲去世以后剩下的钱全部用于出版父亲的著作，现在钱已用完，自己生病用钱都只有找女儿要，但父亲还有两本书没有印刷，心里很是着急，问我能不能先想想办法，凑一笔钱把书先印了，以后他再慢慢还我这笔钱。我听了内心无比心酸和感慨，当即就把自己存的三万元钱取出来交给刘香鲁先生，说老先生应该早点告诉我这些情况，我好和老先生一起想办法，不应该让老先生这样艰难，钱是我对刘克生老先生的一点微薄的心意，坚决不会要老先生还。

这件事后刘香鲁先生无比感激，几次来信致谢，一次信中刘香鲁先生写道："这次家父最后两本书出版，承你大力支持，进展顺利，家父在天之灵也一定感谢你。"又一次信中写道："家父百岁以后，我劝他找传人，他说'事久见人心'，我看家父与你有缘，可惜还没来得及传你，家父就去世了。家父若知你的这片心，在天之灵也欣慰了。”再一次刘香鲁先生把刘克生老先生的几卷手稿寄给我，并在信中说：“这些资料都已出版过，现在全部赠你，名义上是送你，实际上是找到可靠的人为之保管，或者发扬。我走之后不至于损坏散失。家父在天之灵感谢你。”之后，刘香鲁先生又将父亲刘克生老先生用牛皮纸包过封面，毛笔自题书名，自家圈点过的十余本书寄来赠我。读到刘香鲁先生的这些信，得到刘香鲁先生赠我的父亲的文稿书籍，我是既惭愧又感动，惭愧于自己心里虽对刘克生老先生万般崇敬，但并没有实在地为刘克生老先生做什么贡献，还得到刘香鲁先生那样的感激；感动于刘香鲁先生对父亲的无私忘我的至诚至孝。

每次父亲刘克生老先生的著作新印好，刘香鲁先生就会四面八方地给相关方面寄去，当然我每次都会得到很多本。刘香鲁先生几次来书院，都要从乐至县满头大汗、吃力地提着两大捆连我们年轻人提着都觉得很重的新印刷的父亲的书来送我，让我感动不已。当读了父亲著作而收到反馈时，刘香鲁先生都会写信来告诉我。一回，刘香鲁先生来信写道：“四川大学文学院杨教授，曾是家父早年的学生，他读了我寄去的《石缘阁丛稿》之词集，来信说‘书收到，正细读中。恩师的词作，可与两宋名贤并驾，可惜僻处小邑，未能彰显，能识者已不多。’”信中刘香鲁先生在杨教授的评语后特别写道：“评价不错，有水平，使人欣慰。”一回，刘香鲁先生给四川诗词学会寄去新印出的父亲的作品，四川诗词学会常委何焱林先生在给刘香鲁先生的回信中道：“香鲁兄，你寄给我的克生老大作，已基本送完，留有少数，准备送给最需要的诗友，以满足他们对克生老作品的渴望及对克生老人格的敬慕。你对克生老遗作的出版，可谓克尽心力。以望九之高龄，奔走于乐至与成都之间，并不辞辛劳，寄送克生老作品，可谓能尽人子之孝者也。今之一些为人子者，除争父祖辈之遗产，别的一概不问，与兄相较，何啻天壤？克生老之一生事业，兄已有了妥善交代，应当善自将息，颐养天年。”刘香鲁先生对于别人称赞他，是很不在意的，总说：“那是应该做的嘛。”对于别人称赞父亲，他是喜形于色，要高兴许久的。

《石缘阁丛稿》最后一卷出版时，刘香鲁先生一定要请我作篇序。这时我对刘香鲁先生已是深深的敬佩，便在序的开头就表达了对刘香鲁先生于父亲巨大贡献的颂赞。

序云：“《中庸》曰：‘夫孝者，善继人之志，善述人之事者也。’生乎今之世，能事斯语者，蜀中乐至香鲁刘先生耶。先生乃刘老先生克生公之子，卅年以来，竭侍克生公，克敬克孝，不离左右，复以八十又三之龄奉克生公寿终正寝。克生公既殁之数年，先生更以垂老之身，罄其资财，一人支持整理点校刊刻克生公毕生之诗文，俾同道后学幸获识克生公之至道鸿文，惠泽学林，良非浅尠。俗语云：‘知子莫如父。’先生则‘知父莫如子’。其所以不辞年高病衰，焚膏继晷，纂印克生公诗文者，乃知父之深，情不得已故然。克生公长罹忧患，地处偏僻，埋名隐姓，淡泊高古，其学问之渊宏，境界之崇高，造诣之精绝，鲜为世知，名不迨实者远甚。先生知既深，惜尤切。殊恐其文之随人而俱亡，不能贡献于士林，是以但有因缘，则述父之师承学养，交游人品，不厌其烦。《石缘阁丛稿》遂由此诞。兹卷编定，先生以序嘱里。里后生小子，何敢应命？再辞不获，惟战兢临笔，冀尽至诚，聊书于刘氏父子之深慕景崇。”

刘香鲁先生何以在父亲刘克生老先生在世的时候抓紧任何时机，不遗余力地宣传父亲的成就，何以在父亲刘克生老先生死后排除万难，无私忘我地编印父亲的遗稿，哪里是对世间虚名的看重？如果真是重名，刘香鲁先生又何以从不宣传自己，对自己的成就，对自己给父亲做的贡献只字不提。

刘香鲁先生是真正懂得父亲刘克生老先生伟大价值的人，深刻痛惜父亲刘克生老先生的伟大价值没能被世人知晓，不能发挥应有的作用。其实当我了解了刘克生老先生的崇高人格、浩瀚学问时，我又何尝不是像刘香鲁先生一样在任何时机不遗余力地讲述宣扬刘克生老先生的事迹与成就。当我在这样做的时候，我就完全能够体会刘香鲁先生宣扬父亲刘克生老先生的心情了。这样的心情，就好比人们看到一样世间难得的珍奇的好东西，急于想和别人分享，想别人也看到并领略的心情。刘香鲁先生对父亲刘克生老先生的感情，既有世间难得的人子至孝，更有古今难得的亲子知音。刘香鲁先生既是父亲的大孝子，更是父亲的大知己。有刘克生老先生这样的父亲，是儿子刘香鲁先生的大幸；有刘香鲁先生这样的儿子，也是父亲刘克生老先生的大幸。刘香鲁先生的这种知音之孝，真是非“二十五孝”莫属了。

刘香鲁先生虽只到传薪书院来了两三次，却给书院的学员们留下了深刻的印象。在书院听课的杭州学员还千里迢迢从浙江到乐至县去拜访请教刘香鲁先生。九十多岁生着病的刘香鲁先生也像父亲一样诲人不倦地给这位杭州学员解答了三个多小时的问题。

书院讲习班第一届学员毕业时编的纪念册还特意请刘香鲁先生题辞。刘香鲁先生非常难得又认真地作了《题赠传薪书院学子》两首诗，并用毛笔书赠。这两首诗所展现的安贫乐道的精神境界和父亲刘克生老先生真是一脉相承，而且写得既工整又极富文采，充分反映了刘香鲁先生并不像他自己所说的那样没有学问，没有水平。诗云："听到山城竹爆春，一年除旧便更新。家无儋石还行素，腹有诗书岂是贫。""买宅无赀且卜邻，书生有节傲钱神。一枝鷦寄安容膝，廿载蜗居慎守身。喷室芸香疏闹市，低檐树老待芳春。来年日暖花开候，尚盼乌衣认主人。"刘香鲁先生在落款处还非常谦虚地写下了"刘香鲁试笔"。

刘香鲁先生来给传薪书院国学讲习班第二届学员做讲座时，书院安排照顾他的工作人员、现在也是给我录入文章的秘书采莲同学竟和老先生结下了深厚的情谊。那时因为采莲同学细致周到地照顾了刘香鲁先生几日，刘香鲁先生就特别感激并喜爱单纯善良的采莲同学。临别时还再三叮嘱采莲同学，说她脸色苍白，可能是贫血，必须去医院检查，要引起高度重视。回去以后刘香鲁先生又特意给采莲同学寄来六百元钱和三七粉，要她买营养品吃，并要配合吃三七粉，还详细写了三七粉的服用方法。这让采莲同学异常感动。以后采莲同学也几次去乐至看望刘香鲁先生。老先生每次都无比欣喜地热情接待采莲同学，嘘寒问暖，关心她的生活、学习、个人问题，还专门上街去给她买烤鸭吃，不是亲人胜似亲人。采莲同学但凡说到刘香鲁先生就泪流满面，最是愧疚因自己刚刚生了双胞胎女儿无法抽身，没能在刘香鲁先生去世以前去见他最后一面。采莲同学禁不住内心对刘香鲁先生的深深思念，写了一篇七千多字的长文，怀念对她关怀备至的刘香鲁先生。刘香鲁先生不仅侍父至孝，博学多识，还非常温暖，走近他的人便能感受到他的热情和关怀。

两年前的夏末，刘香鲁先生的身体已非常衰弱，我隐隐地感到不祥的预兆。我赶紧请一个学员开车，和内子赶到乐至刘克生老先生百岁后和刘香鲁先生共同居住的三楼上的旧屋子去看望刘香鲁先生。屋子中间一直挂着那张放大的刘香鲁先生和父亲刘克生老先生的合影。父亲刘克生老先生走后，刘香鲁先生就一直睡在曾经父亲睡的那张床上。刘香鲁先生坐在床边，看到我们虽然仍很高兴，但行动已很迟缓，眼睛也不大看得见，耳朵也不大听得见，反应也很迟钝。刘香鲁先生已不能像往常那样侃侃而谈，只慢慢地对我说，父亲的事情他已经做完了，他也没什么遗憾了，他可以好好静养了。临别之时，刘香鲁先生还慢慢从睡房的一口老木箱里取出一件灰布中式对襟的旧上衣给我，说是家父生前最爱穿的一件衣服，送给我作最后的纪念。我异常欣喜，倍加珍爱，一直藏在我的衣柜中。每当拿起这件衣服，抚摸这件衣服，眼前就会浮现刘克生老先生和刘香鲁先生父子。回成都不久，就传来刘香鲁先生去世的消息，我当时正在外地讲学，没办法赶去参加刘香鲁先生的葬礼，心里极为难过，只好委派了书院的几位班委去吊唁。

刘克生老先生在世的时候，虽然有刘香鲁先生照顾，但是刘香鲁先生本来也是需要人照顾的耄耋老人了，所以刘克生老先生的孙女，刘香鲁先生的大女儿刘伯华退休后专程从自己工作生活的青海回到四川乐至照顾祖父、父亲两位老人。祖父去世后，女儿又照顾父亲刘香鲁先生直到去世。七十多岁的女儿照顾父祖两代老人前后近三十年，也是功不可没了。不过刘香鲁先生侍奉父亲，和女儿侍奉刘香鲁先生，却还是有很大不同的。刘香鲁先生对父亲既有生活上的照顾，更有精神上的共鸣。这或许也是刘克生老先生能活到一百零三岁的重要原因吧。刘香鲁先生曾经告诉我，他和父亲经常吃过晚饭，坐在窗前谈起父亲年轻时在成都与前清进士翰林的五老七贤的交往，父亲讲得眉飞色舞，儿子听得津津有味，真是好不惬意。父亲对儿子淡然地述说不可为外人道的世态炎凉、人世沧桑，儿子兴趣盎然地询问父亲读过的几十万卷书、背得的几千卷书，会心地听父亲评说时人的文学作品更是茶余饭后的常事。女儿侍奉刘香鲁先生，则只有生活上的照顾了。父亲刘克生老先生去世以后，刘香鲁先生是孤独的，他的全部精神世界都沉浸在父亲的世界中，父亲成了他唯一的精神支柱，当他耗尽所有将他要弘扬父亲的事做完以后，恐怕他就只剩下去另一个世界寻找父亲、陪伴父亲的事了吧。

写到这里，我泪湿眼帘，情难自已。刘香鲁先生这样的儿子、与其父这样的父子关系或许在当今或以后再难找到了吧！关于刘香鲁先生，我想要写的与我所能写的几乎都写完了，我对刘香鲁先生的感动、崇敬与思念，希望通过这些文字能完全地表达出来，更希望这篇文章能真正传递出刘香鲁先生对父亲刘克生老先生的一往情深，和恳切希望父亲刘克生老先生的精神、成就发扬光大的宏愿。刘香鲁先生，您放心吧，您赠送给我的刘克生老先生的文稿书籍，您给我的所有信件材料，我都会好好珍藏。您弘扬父亲刘克生老先生的愿望，也是我最大的愿望。我一定会继您之后，再接再厉，不遗余力将刘克生老先生的崇高精神继承下去，将刘克生老先生的伟大成就宣扬开来。

“善述人之事”的二十五孝刘香鲁先生，我深深地怀念您！

二零一九年夏末夕照黄昏

李里于传薪书院禽鸟池畔望南楼上

二十五孝。蜀中儒宗、诗坛泰斗刘克生先生公子刘香鲁先生，侍父至诚，生前生后鞠躬尽瘁，最爱余助手王生采莲，兹为写照。

一晃则一百年

——忆百岁作家萧蔓若先生

每回陪身穿灰色中山服，戴着金丝眼镜，清瘦高古又和蔼可亲的萧蔓若先生坐在洒满落英的四川师范大学校医院门前的藤椅中时，萧蔓若先生对我说得最多的一句话就是：“一晃则一百年……”

四川师范大学的前身是张学良将军创办的东北大学。抗战期间，东北沦陷，东北大学内迁来四川三台县。抗战胜利，东北大学北还，其在三台遗留的校舍、教具、教员组成了四川师范学院，后升格为大学。而中文系在开国初年则云集了大批饱学的先生，使其声名卓著：像清末经学泰斗廖季平先生的弟子著名经学家屈首元先生；国学大师章太炎先生的弟子、著名楚辞学家汤炳正先生；国学大师谢无量先生的弟子、著名古文学家刘君惠先生；国学大师马一浮先生的弟子、著名文字学家杜道生先生；前清进士大诗人赵熙先生的弟子、著名古文学家王文才先生；著名学者冉友桥、徐仁甫、王仲镛、郭诚永诸先生；著名作家萧蔓若先生。惜我生也晚，二零零二年，待我任教四川师范大学时，诸先生大多作古，唯剩萧蔓若、杜道生、王文才三先生。萧蔓若先生最长，当时已近百岁；王文才先生最年轻，也八十开外；杜道生先生居中，九十已过。

王文才先生拜访过两回，第一回身体颇硬朗，也健谈，夸我古文写得好，有根底，又和我谈起他的两位前清进士先生赵熙、林山腴，并指给我看他书房中挂的赵熙、谢无量两先生写给他的对联。他还告诉我，读书人读的第一本书很重要，就像婴儿吃的第一口奶：第一口奶吃对了，身体就健康；第一本书读对了，以后读书才能少走弯路。第二回是请王先生到我所在的美术学院做讲座，这次王先生身体就非常衰弱了，走路要两个人扶都很困难，话更说不清楚，嘴角还流着口水。挂在书房的赵熙、谢无量两先生赠他的对联也不见了，但王先生竟还答应来。来时好几位学生连架带抬，方把王先生扶到教室。王先生使出全身的力气才用含混的声调挤出一句话："读书人最重要的就是操守……"他还想往下说，却再也无力说出一个字了。剩下的时间由王先生年过花甲的儿子代为讲完。王先生回去不久就传出他去世的消息，去世时王先生大约八十六岁。

杜道生先生与我交往得最久。从我初到学堂，蒙我的一位祖公介绍，拜谒九十岁的杜先生，直到杜先生一百零三岁辞世，整十三年。跟随杜先生求学时，常听杜先生讲，学堂还有一位比他长五岁的萧蔓若先生，但我一直不知萧先生住在哪里。杜先生不怒而威，他不讲，我也不敢问。

认识萧蔓若先生是很偶然的。一个初夏的傍晚，我从杜先生屋里请教出来，走在学堂，看到一位四十来岁的矮胖女佣推着一位身穿灰色中山服，戴着金丝眼镜，相貌清瘦高古，坐着轮椅的老先生。一个意念忽然从心里闪过，这位老人一定是萧蔓若先生。我立刻上前恭敬地询问，老先生颇有点惊诧，问我何以知道他。我喜出望外，告诉老人自己对先生敬仰已久，只是无缘得见，这回拜识，以后定会长相请益。当我照例像见到其他老先生一样给萧蔓若先生磕完三个头时，萧蔓若先生却皱了皱眉头，颇不理解，叫我以后再也不要行这种礼了。当下恍悟，萧蔓若先生虽年近百岁，却是新文学家。从此以后，再见萧蔓若先生我自是不敢再如此。正在思量之际，旁边的女佣热情地告诉我，萧先生是离休干部，享受地师级干部待遇，常年住在校医院，今年已九十七岁，欢迎我常去。

与萧蔓若先生的巧遇，着实让我兴奋了许久，自此我便成了校医院的常客。萧蔓若先生的疗养病房在校医院的三楼，虽说是疗养病房，但校医院也极为简陋。里边有两张普通的病床，两把藤椅，一张吃饭的小桌，一个装杂物的小柜。萧蔓若先生睡一张床，照顾他的女佣睡另一张床。

后来才知道萧蔓若先生的好多藏书没有办法搬来校医院，

只能留在家中。整个校医院唯有萧蔓若先生一个人长住。作为疗养病房的三楼更是只住了萧蔓若先生和他的女佣两个人。所以每天大多的时间，萧蔓若先生总是坐在校医院底楼门前的旧藤椅上。

校医院门前有一排长长的紫藤花架，花架上常常开着碎碎的紫藤花，微风拂过，花瓣撒落一地。天气好时，阳光会透过紫藤花架稀疏地照落在校医院的门前。坐在旧藤椅上的萧蔓若先生，经常的时光就是静静地对着一地淡淡阳光中碎落的紫藤花出神。

仅有的热闹就是校医院里每天早晚上下班进进出出的年轻女医生、护士和萧蔓若先生的寒暄与玩笑。她们都亲切地叫他萧爷爷。不过，这种招呼与玩笑只是逗小孩似的亲切明快，因为这时的萧蔓若先生也确实近乎老返小的儿童了。据萧蔓若先生的女佣说，萧蔓若先生九十六岁以前，思维是极清晰的，每天都要读书写作，总嫌时间不够。九十六岁时大病了一场，之后头脑就远不如前，很多过去的事情都记不起来了，现在的事情更是一秒即忘。所以，年轻的女医生、护士们问萧爷爷最多的话就是："我是谁？"大多时候萧蔓若先生的回答都会招来她们撒娇似的责备："又记不得我了，下次再记不得我就不跟您玩了。"偶然答对了，她们就会兴高采烈地说："萧爷爷最好了，萧爷爷好乖哦。"不管什么时候，萧蔓若先生总是回之以和蔼的微笑。至于萧蔓若先生近百年坎坷曲折的风雨人生、丰富细腻的情感世界，以及在新文学上的成就，她们大多是茫然的。

我去看萧蔓若先生的时候，他也多是坐在校医院门前的旧藤椅上。开始很多次，萧蔓若先生也像问那些年轻女医生、护士们一样问我：“你是谁？你在哪里工作？多大年纪？住在哪里？”当然，我也不厌其烦地一次又一次地重复回答，直到最后，萧蔓若先生终于记住了我。不过，不管怎样健忘，萧蔓若先生总是非常和蔼可亲，每次问完以后，总要抱歉地笑着说：“对不起，对不起，我的记忆实在差得很了。”第一次去，萧蔓若先生就送了一本他二十世纪八十年代出版的、结集了他平生主要小说的《萧蔓若小说集》给我，并用他工整娟秀的字迹题了“李里同志存念，萧蔓若”。萧蔓若先生的记忆时好时坏，不好的时候萧蔓若先生会说：“记不得啦，记不得啦，过去的事情都记不得啦，一晃则一百年了。”记忆好的时候，萧蔓若先生会慢慢讲起百年的过往，讲完以后同样会深深地感叹一句：“哎，一晃则一百年了。”

从萧蔓若先生断断续续的叙述回忆及一些资料中，我大抵了解了萧蔓若先生的身世经历：萧蔓若先生清光绪三十三年（一九零七年）生于重庆璧山县，祖父是个银匠，家里比较殷实；父亲原是中医，后来却吸上了鸦片，家境一天天破落。

萧蔓若先生虽聪明好学，但读书却必为生计。小学毕业时看到县城有一年制的师范讲习所，包吃包住还不收学费，就毅然投考。考试的题目是写一篇乡里土匪到县城抢东西的文章。萧蔓若先生自来喜欢国文，作文在两百多考生中中了甲等头名。

毕业后他就在家乡小学做教员。做教员有寒暑假遭辞退的风险。六腊之战后，萧蔓若先生就想到重庆考邮政局或银行，找个薪水高的工作。哪知到重庆准备考试之际，读到鲁迅、郭沫若先生的文章，萌发了对新文学的浓烈兴趣，希望用文学来唤起民众，挽救国家；对于投考邮政局、银行，混一个殷实生活之类的想法则完全视之为卑琐，并毅然与之决裂，从此走上了新文学创作的道路。因为崇拜郭沫若先生，他遂给自己取了个笔名叫萧蔓若，并以为萧蔓若三字都有草字头，可以象征新文学如野草一般充满生命力。他崇拜鲁迅先生，想到上海拜访，就买舟东下，开始了出川追求新生活的历程。在湖南长沙，他偶然听了茅盾先生的讲座，便结识了茅盾先生，并与其成为终身的挚友。在茅盾先生的鼓励下，他开始在左联刊物上发表小说。在安徽遇到一个情投意合的女子，又因女子家里反对而鸳鸯离散。萧蔓若先生在晚年写的回忆中，还这样深情地描述道："皖南多情女，一见倾心。频飞鸿雁，海誓山盟。喜屯溪水暖，徽州花红……孰料造物多嫉，父母之命，媒妁之言，美人早已他许。虽说宁死不屈，终敌不过祖父的狠，母亲的泪。远嫁他乡，徒令旅人心碎……"

后来他在南京终于娶妻生子。不料抗战爆发，未能见到鲁迅先生（当时已去世），又回重庆，结识了当时的文学青年、后来的著名作家沙汀、艾芜，一起创办文学刊物，并创作了宣传抗战的长篇小说《解冻》。这部小说深得茅盾先生的赏识。抗战胜利后，在茅盾先生的推荐下，他又到苏南解放区共产党办的《苏南日报》工作，这也是萧蔓若先生后来成为离休干部的原因。

临近解放，四川方面需要文艺工作者，他又在著名剧作家夏衍先生的介绍下，到重庆文联工作。一九四九年后，调到重庆西南师范大学任中文系主任。不久，再调到成都四川师范大学中文系教授苏联文学。以后的二十多年，萧蔓若先生几乎都在只争朝夕的读书与创作中度过。

和萧蔓若先生交往的那几年，我的一位叫莲的表妹正住在我家养病读书。我去看望萧蔓若先生时，表妹常和我同去。开始时萧蔓若先生虽也反复询问表妹：叫什么名字？几岁了？读什么专业？读了哪些作品？都喜欢哪些作家？但萧蔓若先生却非常喜欢我这位年方十八、清秀聪明的表妹，每次都叮嘱表妹要多去看他，去跟他玩。当时表妹还有些诧异，我也是到后来才明白了萧蔓若先生这种非常人所拥有的将少女当做美的化身的诗人境界。体会到这一层时，我更感动于萧蔓若先生年近百岁还保留着这样的宝玉情怀。表妹还是很喜欢萧蔓若先生，上学又不太忙，所以去看望萧蔓若先生的时间反比我多，对萧蔓若先生的生活细节也了解得比我多。开始表妹对我说，萧蔓若先生非常幽默风趣，经常抱怨似的对她说：照顾他的女佣太严厉，让他每天必须拄着拐杖在校医院门前的花园里走五圈以健身。一次，萧蔓若先生生病尿床，女佣说他尿臭，他故意风趣地说："什么？教授，是呀，我是教授呀，我还是大学教授呢。"还有一次，表妹说萧蔓若先生年轻时候一定很英俊，女佣却取笑说："英是英俊，可是脸上还有几颗麻子。"萧蔓若先生却假装生气地说："不许胡说，泼我冷水。"

有一年，我回故乡重庆去探望重庆师范大学一位曾经教过我外国文学的刘先生，无意间谈到近百岁的萧蔓若先生时，刘先生很惊讶萧蔓若先生竟还在世。刘先生告诉我，他在西南师范大学中文系读书时，萧蔓若先生正是他们的系主任。

萧蔓若先生调到川师工作两三年就被打为右派，二十多年没能参加教学工作。落实政策以后，七十多岁的萧蔓若先生教了一两年苏联文学就退休了。所以，即使川师中文系的老师对萧蔓若先生也多半陌生，学生更是生疏了。而萧蔓若先生的同辈朋友也大多作古，剩下一两位像同在成都的著名作家马识途先生、车辐先生也都年近百岁，难于往来。所以素日几乎没有人来看望萧蔓若先生，以至于我第一次在学堂认出萧蔓若先生时，女佣会异常热情地给我介绍萧蔓若先生，希望我常去看望他。女佣虽不能清楚地知道萧蔓若先生在新文学上的成就，但在她心里，萧蔓若先生确是一位了不起的作家，所以她希望更多的人了解萧蔓若先生，崇敬萧蔓若先生。

当女佣看到我多次真诚崇仰地去看望萧蔓若先生，而萧蔓若先生对我也颇为器重，且屡次褒赞我的白话文写得很有文采时，她大胆地做了一个决定，带我到校医院底楼一个堆杂货的小楼梯间里，打着电筒，从众多杂物里边熟练地搬出四个布满厚厚灰尘的旧纸箱，神秘地对我说：这是萧蔓若先生一生全部的手稿。萧蔓若先生异常珍爱，走到哪里搬到哪里。九十六岁大病以前，时时拿出来整理；大病以后，精力不济，记忆力衰退，才难得问津，但还是嘱她搬到校医院与他同在。现在萧蔓若先生年岁这么大了，女佣自己又没有文化，这些手稿全部交给我，希望我能帮萧蔓若先生整理出来。

拿到这四箱手稿，我是既喜且惧。喜的是我何等荣幸，能保存萧蔓若先生的全部手稿；惧的是要把这些虫蛀尘封、残缺不全的手稿整理出来确非易事。这四箱手稿因为在校医院的底楼杂物间里放的时间不短，部分潮湿霉烂，还有些被虫咬坏，还有些本是抗战时期用草纸写成的稿子，一拿起来纸就全粉了。即使没有残损的很多也是萧蔓若先生反复抄誊的草稿，上边改动得密密麻麻，很难辨识。不过从能够认清的稿件中也整理出许多宝贵资料：一部分是萧蔓若先生民国年间发表过的短篇小说的底稿；一部分是他晚年新创作的已发表或未发表的小说、散文、诗歌、随笔的底稿；一部分是他众多书信的底稿和日记；还有一部分是他从八十岁以来写的多份遗嘱。萧蔓若先生的小说大都收进了《萧蔓若小说集》，诗歌、散文散见于一九四九年前后的各种文艺杂志，而书信、日记、遗嘱当然是秘而未宣的。

萧蔓若先生一九四九年前创作的小说多是对旧社会的黑暗腐朽、麻木愚昧的批判，往往是选取带有这些特点的典型人物，从某一个侧面或者某几个点上进行滑稽的夸张、辛辣的讽刺，具有强烈的批评现实主义风格，所以深得茅盾先生的赞许。一九四九年后的小说数量远不如前，萧蔓若先生在小说集的自序里也说道："解放以后，我激情满怀。不期变得滞重起来的笔未及恢复轻快，弄笔人却已陷入困境长达二十余年之久，倒是做梦也没有想到的。迨政策落实，恢复人样，却已韶华易逝，年逾古稀，从心所欲，不逾矩之说未必不是一句空话；力不从心，顾此失彼，倒是如实的写照。仅就作品数量而论，解放后的四十余年间远不如解放前的二十年，该是多数从旧中国过来的老一辈作家的共同命运。而为数不多的东西也未必都有及时问世的美事。”一部分小说或是对人性的重新咀嚼与诠释，或是对改革开放以后许多新生事物的记录与疑问。八九十岁以后的作品就以诗歌、散文、随笔为主：或回忆亲人往事，或记录文坛旧人轶事，或针砭社会现实。

书信中较多的是写给老友茅盾先生、艾芜先生、徐迟先生、刘石夷先生、吴组缃先生，内容多是对文学问题的探讨和文坛旧事的追忆。

遗嘱从八十岁始，开始是几年一份，后来是一年一份，到最后是几个月一份，内容大同小异，举一斑可窥全豹。如“本人逝世后，不设灵堂、不奏哀乐、不化冥钱、不放鞭炮，并谢绝公私多方诸如花圈、挽联及人民币等礼品。火化后的骨灰，我请王早琼女士于方便时送往我故乡山城重庆，投于长江，漂流出三峡，入大海，优哉游哉，与天地共长存……”

二零零七年岁末，我和表妹受邀欢悦地参加了萧蔓若先生的百岁庆典。我给萧蔓若先生送上自己写并裱好的一幅“鹤寿松龄”的字。萧蔓若先生穿着红色的缎面团花唐装，显得神采奕奕。我与表妹都和萧蔓若先生留下了珍贵的合影。

萧蔓若先生的百岁庆典不久，二零零八年春节刚过，萧蔓若先生的文稿还未及整理完毕，即接到女佣带着哭腔的电话，告知我萧蔓若先生辞世的消息。

这消息于我是很突然的。过年前萧蔓若先生虽偶有小恙，转到了城里的医院，我去看望他时也未觉得有什么大碍。萧蔓若先生躺在床上，虽精神不太好，还是乐观地说："过几天我就回校医院了，我们又到校医院门前坐着耍。"临走的时候，萧蔓若先生还是如往常一样对我感叹道："哎，一晃则一百年了。"没想到短短十多天，等我回故乡过完年回来，萧蔓若先生却悄悄地走了。

表妹异常伤心自责，说放寒假时，萧蔓若先生拉着她的手，央求她过年去照顾自己，因为他怕女佣过年回老家，自己没人照顾。但表妹也因回老家过年未能答应萧蔓若先生的请求。表妹还从家乡给萧蔓若先生带来许多好吃的，却无法再喂给萧蔓若先生吃了。最终，她只能把满腔的遗憾写成了《怀念萧老》的文章。我在自己办的《国学蒙正报》上专门编了怀念萧蔓若先生的专刊，选了一些萧蔓若先生的文章、遗嘱和女佣、表妹怀念萧蔓若先生的文章。萧蔓若先生安葬后，我还和表妹专程到萧蔓若先生的墓地上吊唁。萧蔓若先生的墓碑上赫然刻着"新文学作家萧蔓若先生之墓"几个字。表妹在墓前泪流不止。

母亲曾问我萧蔓若先生对我有什么样的影响。我也仔细想过，萧蔓若先生不像其他那些老先生对我有直接学问上的启迪与帮助。当然这主要是因为我认识萧蔓若先生的时候，他已经是大病之后，远期记忆模糊、近期记忆几乎全无的风烛残年。萧蔓若先生自然不可能给我学问上的教诲，哪怕是随便的闲聊，萧蔓若先生也是零星断续的。

然而，在时断时续的交谈中，给我印象最深的就是萧蔓若先生常常深深感叹："一晃则一百年。"从几年和萧蔓若先生的交往中，从萧蔓若先生的文稿中，从旁人对萧蔓若先生的讲述中，我才深深地体会到“一晃则一百年”这短短几个字里所蕴含的无穷的人生况味。

这里有一个新文学家对百年新文学的熟知与贡献，有他和众多新文学家的交往与轶事；有一位老作家一百年来对国家民族的深厚热爱；有一个老知识分子对黑暗荒谬的深恶痛绝和对光明理想的炽烈追求；有一个普通人一百年中曲折坎坷的人生历程；有一个感情丰富敏锐的文学家对人间悲欢离合以至于普通人难以觉察的生命情感的细腻深层感知；有一个旧时代的文人在新旧交替岁月所遭受到的无法言说的屈辱与苦难；有一个被文所化的灵魂在文化沙漠的芸芸众生中所感受到的孤寂与荒凉……当体会到这些的时候，萧蔓若先生对我的启迪与教益已是相当丰厚。

写到这里，眼前又浮现出坐在洒满落英的校医院门前旧藤椅上、身穿灰色中山服、戴着金丝眼镜、清瘦高古、和蔼可亲的百岁萧蔓若先生对我感叹“一晃则一百年……”的场景。

二零一四年溽暑炎夏渝州方园子

李里于蓉城东门外传薪书院

通古今，若亲自。四川师范大学有百岁作家萧蔓若先生，尝与里言：“一晃则一百年。”于先生而言，百年历史皆历历在目。

实在得可爱的老书家

——怀念九十八岁严寄石老人

小序

书法的本质就是拿着毛笔按照一定的方法写字，这一定的方法主要是掌握字的书写结构、笔画的书写样式，手对笔墨的运用。对于古人，书法即是日常的书写形式，日常书写的文字写到有相当美感，就成为书法艺术。古代读书人全都用毛笔写字，字写得好的实在不少，在多能写好字的时代下，脱颖而出成为青史留名的书法家，那在书写的艺术性上必要达到很高的程度。

而古代读书人没有不读圣贤书的，圣贤文化的精神气象或多或少都会流露在每个读书人写字的点横撇捺之间，故而古人的字大多端庄稳重、温柔敦厚，自有一股浓厚的书卷气息。

当代书家中我崇拜的是赵朴初、启功两先生。赵、启两先生都是饱学之士，赵朴初先生的字潇洒飘逸，启功先生的字温润中正。然而两先生都以武王之寿九十三岁高龄相继作古。许多还写得一手带着传统中国读书人气息好字的老先生也如赵、启两先生般逐渐谢世。我所认得的饱学老先生中，像皆已辞世的周汝森、刘知渐、李仲耕、李炽昌、杜道生、刘克生、胡杰安诸先生及佛智法师、昌臻法师等，都写得一手好字。这些老先生从不以书家自居，字都是做人治学的余事，自然流露，俱是上品。

然而还有两位平生喜好并专注于写字，且将字写得相当精美，在当代也算凤毛麟角，却并不闻名于世的老先生。一位是我在另一篇叫作《庙柱上的乡贤》文中写的今天还健在的九十五岁李永康老先生，一位则是本文的主人公已去世的九十八岁严寄石老先生。他们的共同特点是一生都老老实实地写字，从不以书法家自诩，其成就却远非很多今日所谓的书法家可比。平生受中华古文化浸润的人品学养，使他们的字真正延续着中国古代书法的精魂。这是其最可贵之处。

严寄石老先生的曾祖父和祖父是前清同科举人，被称为“父子文魁”。严老一生写字，一生实在，字如其人，笃实诚厚。尤擅写比蝇头小楷还小的微型小字，且写得精美娟秀。我办的传薪书院存诚讲堂的后墙正中挂的两个镜框里，正是严老九十五岁时写的微型小字全文《道德经》和《金刚经》。观者无不拍手赞叹称奇，惊于九十五岁的老人竟能写出如此微小而工整的楷书。当然严老不仅能写小字，大字也古雅清正，传薪书院传薪堂上的院训“参天化地，继绝传薪”两联上的八个大字也是出自严老之手。

十年前我就写下《可爱的严老》一文，并将其刊载在我编的《国学蒙正》报上，九十三岁的严老非常喜欢，还将报纸分赠了许多亲朋故旧。五年后，九十八岁的严老带着对书法的无限留恋与世长辞。如今我又将前文增补修改，以成此文，表达对严老的深深怀念之情。

严寄石老先生是一位九十三岁的书法家，更是一位实在得可爱的老人。认识严老是因为他的书法，喜爱严老是因为他的实在。

我素来喜欢书画，但凡遇到书画店、裱糊铺，必定进去流连一番。故而十余年间辗转住过的地方，定会熟识几家书画店或裱糊铺。客居成都以后，在唐朝玄奘法师受戒的大慈寺给民众义讲过几年《易经》，自然对大慈寺附近的街巷便熟悉了。其中一间临街的叫古今堂的裱糊铺更成了我常去的所在。虽然颇喜欢瞻仰裱糊铺里屡屡更换的新裱成的时人书画，但大抵是以失望告终。因为一幅幅龙飞凤舞、姹紫嫣红的书画不是透着时代的浮躁，就是显着献媚的庸俗，再不然则是已丧失了艺术原则的怪异。

然而，事情总有例外。二零零六年的秋间，我在大慈寺讲完课，顺便又去古今堂裱一幅为贺友人新婚所写的字。与老板谈完装裱后，我照例将墙上挂出的新裱好的字画浏览一番。这回竟有一幅工整秀雅的小楷从众多字画中跳入我的眼帘，马上定睛注目细细看来。

这幅小楷是用《金刚经》全文五千余字写成的一个“佛”字。精美清新，不俗不躁，显得气定神闲，可以说是我这些年在书画裱糊铺看过的最好的字，自然欣喜异常。再看落款题的“八十九岁严寄石”。八十九岁的老人竟能写出这样细小工整的小楷，更是世间罕有，即便在书法史上也是少见的。忙询问老板这严老先生是哪里人，还在世否？老板答我，严老就是成都人，对人极好，身体也精神，经常独自来裱字。我听了喜出望外，心想一定要去拜访这位严寄石老先生，于是在裱糊铺要了严老的电话号码。

给严打电话，说明我是看了他的书法而崇敬，愿去拜见他的人。严老出乎意料地热情，询问我所住何处。知道后就非常详细地告诉我应该乘哪路车到哪里转车，再乘哪路车到哪里，下了车又该怎么拐弯，到他住的那个小区又在哪一栋楼哪一层哪一间。我都听糊涂了，严老又叫我找笔记，一连重复了几遍，直到我全部完整记下。过了一会儿，严老又按我拨过去的电话打过来，说如果他刚才告诉我的那路车挤，还可以改乘哪两路车，又该在哪里下车，并叫我再记下来。第一次和严老通电话就真切地感到了严老的实在。

按照严老告诉我的极其完备周全的路线，很快就找到了严老所在的那栋楼。严老住四楼。走到二楼楼梯转弯的地方，迎面就看到一墙的字画。严老所住那栋楼的楼梯转角处都有一块稍宽的空地，其他几层都是空着的，唯有严老这层的空地上放了很多盆兰花，三面墙上都贴着用宣纸写了没有裱糊的对联。正中墙上是“有幸逢盛世，无忧度晚年”，左面墙上是“莫放春秋佳日过，最难风雨故人来”，右面墙上是“生命在于运动，长寿必须心平”。在这些对联的旁边有幅小字，写着“爱护绿化，美化环境”。我一看就猜想这一定出自严老之手，问严老果然如此。后来和严老交往多了，知道严老最爱兰花的幽香，喜它的高洁品格，所以将自己书房取名兰轩，自然楼道上全是养的兰花。至于三副对联更是严老心声的直白。

严老和已退休的儿子、儿媳住在一起，两室一厅的房子，刚好严老和儿子儿媳各一间。严老的屋子小一些，大概只有七八个平方。屋内一张单人床，一个衣柜，一张长桌，一张方桌，一把椅子。长桌上堆满了书报、影集之类，方桌则是严老平时写字的地方。而小屋除了窗子的三面墙上都挂满了字画，有严老自己写的庆祝香港回归的小楷，有别人为他祝寿时的对联画轴。这些字画将严老原本俭朴的小屋点缀得非常充实。

严老个子很高，脸长长的，因老来略瘦而显得颧骨突出，使脸上的线条格外分明，但仍能看出年轻时的英俊。虽已八十九岁，但脸上却几乎没有皱纹，给人一种健朗的感觉。严老知我是因他的书法而来，就从他屋子里将他的各种书法作品都取出来，一件件打开给我看。有他写的十几把扇子、十几幅小楷作品，还有历年来拍摄的所有书法作品的厚厚几本影集。

他边给我看边说送出去的作品不知有多少，家里剩下的只是极少的一点点。严老写的扇子一面是精美的小楷，一面则是豪放的草书。小楷基本都是抄录的《古文观止》上的名篇。草书则全是临的怀素的作品。严老说他最喜欢怀素的字，一本怀素的《自叙帖》被他临了几百遍，帖都临坏了，不过《自叙帖》他也能倒背如流地写出来。确实把严老写的《自叙帖》和怀素的《自叙帖》放在一起，如果不说，很难分出哪幅是怀素写的。而严老的大幅作品都是小楷写的《金刚经》《道德经》《孙子兵法》之类。一如在裱铺里见到的工整、秀丽、雅静。

严老说我能在裱铺里看了他的字就专程去拜访他，说明我对他的字很欣赏。既然我都这样欣赏他，他也一定要真诚待我，不能有半点虚假。于是，严老告诉我，他学历不高，学问不深，高中毕业就工作了，书法更没有专门研习过。只是一九四九年后在中学里刻了几十年钢板，基本功好，退休后才因喜好开始写字，并没什么了不起。

严老说话时声音洪亮，态度认真，一字一句，实实在在，而且是一口气讲很长一段，不歇气不停顿，想要插话是一定插不进去的，就像在电话中给我讲乘车路线一样。以后每次去，严老都是这样，总是见了就一口气连续不断地把他心里要说的话，半字不落地一五一十讲完。至于别人听没听，听没听进去，喜不喜欢听，他是全然不计较的。所以凡跟我去见过严老的人，都无不感叹严老能说、爱说，但也都喜欢严老这种真诚得可爱的实在。

临走时，严老又毫不吝惜地将他写的一把扇子和一幅用《金刚经》全文写成的一幅佛字送我。然后又马上说，扇子是他新写的，佛字是复印的。而那幅五尺的佛字，如果严老不说明，根本看不出是复印的。因为纸仍然是宣纸，印也是红印。对此，严老又详详细细一口气解释了一遍。他说，用宣纸复印是他的发明，效果极好，复印完了盖印，再裱好，有时完全看不出是复印的。复印的原因是这样大幅的小楷很难写，而喜欢的朋友又多，复印就可以多送人。但复印就是复印的，他送人时必须说明。然后严老又讲他是在成都哪条街哪家店印的，最开始是哪家店，中间因什么原因又换到哪家店，最后又固定在哪家店，印一张多少钱，比前几家店又便宜了多少，复印店的老板叫什么名字，因为尊重他而让他长期便宜复印。如果我以后有什么需要印的，他一定找那家老板给我印，等等。

直到我说不早了，该告辞了，严老才停下来。告别时，一是因为敬佩严老的书法造诣，一是因为喜欢严老的可爱实在，便给严老磕了三个头。没想到严老竟单腿下跪也给我跪了下来，弄得我一时简直不知所措，因而更加崇敬老人的人品。

去看望严老的次数多了，严老告诉我他有心脏病。在详详细细讲完了他得病的起因、经过、病情、病状以后，又讲到前后吃了哪些药。因为长期在吃药，花的钱不少，又觉得我见的人多，他有一幅裱好的《金刚经》全文写成的禅字真迹，是否可以请我找人卖了，换些钱吃药。我当即决定自己买，一来可以帮助老人，一来也可以收藏一幅老人的真迹。我按严老字的市价给了两千元钱，拿了那幅字。

没过两天就收到严老的信，说他这两天觉都没睡好，因为两千元是画廊的炒价，给李老师则不应该这个价。再三考虑，必须退一半钱，请我务必收下，不然他会寝食难安。其实，一位九旬老人写成的几千字的工整小楷，又是用小楷写成的禅字，远不止两千元的价格，还不说字的艺术造诣之高。我自己还觉得给老人的价格低了，所以就没去严老那里。严老见我没有反应，就一次一次打电话来催我赶快去，有时早上六点钟就打电话来了，反复申说他的歉疚与不安。不管我怎样解释他的价格一点不高，严老都执意要我去退款，不容分说。我实在却不下老人情意，还是去到严老那里。

严老见到我就开始讲，从我拿走字以后他的复杂心情，并引出《论语》中“君子喻于义，小人喻于利”，太史公《报任安书》中所讲的做人立身行事的品格，说他无论如何一定要退我一半钱。见我推辞不收，老人激动得简直要掉泪了，和我一起去的学生都感动不已。我最终犟不过老人，只得从命。

回家不久，严老又寄来一封信和几幅字，说就是收了一半的钱，他仍觉不安，所以再赠我几幅字。另外和我去看他的学生，也是对他的关心，应该送字表示感谢。我和学生又一次被老人的人品感动。以后但凡跟我去看过严老的人，严老都会赠一幅字或一把自书的扇子作为纪念。后来读了严老的自传，才知道严老退休后靠卖字贴补家用，但价格都卖得极低，不管别人拿去卖多少高价，他都坚持低价卖出。因为他觉得做人应多为对方着想，做生意也不容易，要让别人有利可图，这样才能“敬人者人恒敬之”。

一回，我说将严老的字收集起来，印成一本小册子以传之后世。严老竟给我来了一封长信，说他的字用不着小题大做。他说自己水平不高，造诣不深，他很有自知之明。所以经常送我字，只是让我教学时做个例子，告诉学生只要耕耘了就一定有收获。“只问耕耘不问收获，耕耘了就自然有一定收获”，这是严老最爱说的话。几次我邀请严老给学生讲话，严老都反复强调这几句话，并说一个人一生就是要努力奋斗，勤恳工作，实实在在。只要用这种态度做事，做哪样事都会有成绩。他的一生就是这样做的，不知道写过多少字，所以才有大家看到的今天这一点点收获。每次老人真诚实在地讲完他的肺腑之言，都会收到全场学生热烈的掌声，不管是年轻的大学生，还是在各行各业做出成就的成年学生。

确实，严老的一生就是勤奋实在的一生。我曾询问严老的生平经历，严老说一个人应做到没有什么不可告人的事。说完就将他的全部十几本影集、毛笔写的一本自传及自传补充材料通通翻出来给我看。严老每本影集的每张照片上都有用毛笔题的字，记录照片拍摄的时间、地点、拍摄的原因、背景、同摄的人物等，内容十分清晰。自传更是详细，从他的曾祖父母、祖父母、叔祖父、姑祖母、外祖父、父母、叔父母、姑母、兄弟姐妹、妻子的情况，到他自己童年至晚年的历程，都做了朴实而生动有趣的记录。里边还附上了自己绘制的儿时家宅公馆的平面图。这自传就像严老的人一样实在，看后对严老的家世经历也就完全了解了。

严老的曾祖父、祖父是清末同年同榜中的举人，被称为父子文魁。曾祖父做过县令，朝廷封为中宪大夫。祖父被封为民政部主事。民国后，祖父在几所学堂兼课，收入甚丰。父亲字写得极漂亮，经常在油灯下写字。就因为字漂亮，给电报局写了一个榜，被电报局聘为电报员。后不幸染病早逝，四十岁就去世了。父亲待人真诚友善，原来给严老取的名是继实，因为父亲希望严老继续像自己一样老老实实。晚年，严老寄情书画，才自己将名字改为寄石。父亲虽早夭，但父亲的真诚老实，擅长书法，全被严老继承了下来。

严老的母亲出身书香门第，知书达理，贤惠能干，待人温和宽厚。会做孩子全身的衣帽裤鞋，还管一大家人的饭菜，并且菜做得极好，严家菜十分有名。与严老祖父同年的举人有个转转会，每月去一家吃饭聚会。到别人家都是去餐馆吃饭，只有轮到严家，大家必到严家吃严老母亲做的有名的严家菜。严老幼年时代和曾祖母住在一起，家中的旧事都是曾祖母告诉他的。严老与曾祖母的感情很好，曾祖母不要儿子照顾，却要孙儿严老照顾，并说严老将来必定最好。严老说他现在健康幸福地活到九十三岁，比家里任何人都长寿，就是应了他曾祖母的祝福。严老自幼读书，字就写得好，先是祖父教读古书，后入洋学堂，不喜欢数学、物理之类，高中毕业就工作了。

那时抗战接着内战，社会混乱，工作极不稳定，经常都只能做点文书抄写工作，糊口都困难。严老将这段时期称为打烂仗。每每感叹如果不是新社会，他早就不在人世了。一九四九年后，严老积极性很高，先当居委会主任。不久经故人介绍到了他祖父曾经教过书、他初中曾经读过书的成都最早办的一所中学——成都县中，现在著名的成都七中搞总务工作。管一千多住校学生的住宿、伙食、茶水、洗澡，还有粮食申报、买煤运米以及食堂黑板报等，整天忙得不亦乐乎，周末也不休息，累得夜里失眠。即便这样，他仍然热火朝天地工作。因为严老后勤搞得好，伙食办得好，深受学生喜爱。

四十多年后，严老做总务工作时的学生举行同学会，必定邀严老参加，严老成为唯一一位被邀请的后勤人员。之后，严老被安排到油印室刻钢板，一刻就是近二十年，直到二十世纪八十年代退休为止。退休以后，严老又搞了几年居委会工作。检查卫生、调解矛盾、编写墙报，严老仍一以贯之地认真勤恳。搞卫生得了区上的三连冠；搞调解得了市司法局的双先奖。编墙报，更是自编自写自画，到最后上墙，一人全部包完。从居委会退下来，严老的主要精力便用来写字，一直写到现在九十三岁高龄。现在严老仍然能写比蝇头小楷还小的工整秀雅的五千字《金刚经》全文，而且一两天就完成了。

我请严老给我的《蒙书讲义》作序，他两天就写好。请他写字，字少的当天就给我，字多的最多也就两三天。有时见我没去拿，严老还拄着拐杖，转两次车给我送到家中。严老的一生确实如他自己所说，是勤恳奋发、真诚实在、没有半点虚假的一生。所以当他一口气、不厌其烦、仿佛有点啰嗦而诚恳地讲他自己想说的话时，大家不仅不会感到厌烦，反而更加喜爱他真诚得可爱和实在。

今年夏天，严老给我打来几次电话，说他看到一部《成都街巷志》，在不厌其烦地反复讲明这书有多好后，就说因此必须送我一部，叫我哪天去取。到那天，严老一早六点多钟就打来电话说昨天下雨他没去买，他现在就出发进城去买，并叫我下午去拿。不管我怎么劝说天气炎热，不能让九十多岁的老人去买书，我自己去买就行了，严老仍然强调这书一定要他买来送我。我见严老又准备在电话那头长篇阐述送我书的理由，只好恭敬不如从命。

后来听母亲说，为这事严老还几次给她打过电话，也是反复地说着同一内容。母亲最初不了解严老性格，对严老啰啰嗦嗦又无法插话的电话很有些不能适应，听我解释后方才释然。平时我经常都这样不容辩说地接受严老对我的关心爱护。每次我正要开口表达我对严老的感激，准被严老一口气长篇大论地用真诚而不用感谢之辞封住口，无法插话。今天只好写下这篇文章，表达我对严老的全部尊重和喜爱。其中包含了我对严老自认为平平，其实已达到极高造诣的书法的崇敬；包含了我对严老积极向上人生态度、勤奋实在人品的钦佩；更包含了我对严老几年来对我真诚关爱的深深感激。

最后祝可爱的严老永远健康，写出更多精美的书法，激励更多青年积极向上、热情真诚、勤奋实在地生活，成为像严老一样可爱而受尊重的人。

二零一零年孟冬阳月初一

李里于梅香湖畔传薪书院

这篇文章写好后，严老又生活了五年，直到九十八岁去世。这五年间，我仍继续沐浴在严老实在得可爱的人格光辉里。

九十四岁以前，无论是我在四川师范大学国学工作室，或是在以后传薪书院搞的各种活动，只要邀请严老，他都会拄着拐杖欣然前来。每次来，不管请没请他发言，他都会率然站起来，高高立在嘉宾和学员中，用很大的声音，真诚实在地感谢大家对他的邀请和关心，讲自己的微不足道，讲我能够看得起他的深厚情谊，讲他所觉得的我的工作的繁重，叮嘱我要保重身体，最后必以努力勤奋、耕耘必有收获勉励大家。

我在传薪书院给先师杜道生先生举办百岁庆典时，严老也来参加，还专门写了幅不同样式的百个寿字，自己裱好，在会上送给杜老，并发言祝贺。这次会以后，严老就告诉我，他每次来参加我们的盛会，都无比激动，心脏跳得很厉害，回去要休息一两周才能恢复过来，因此往后不敢再来，只有心向往之，情祝福之了。

因为我的住家离严老家比较近，所以看望严老的机会自然多，而且许多传薪书院的学员也经常跟我去看望严老。每次去，严老都要把他新近拍的各种照片全部拿出来给大家看，几乎都会有几大叠，照的或是各种好看的风景，或是严老的各种生活状态，或是严老与他人的合影，或是他写的字。而且每张照片上都一如既往有详细的题记。凡是跟我去看望严老的人无不感叹严老太喜欢照相了。但凡这种时候，严老就会讲：“热爱生活怎么体现呢？照相就是最好的体现，照相是记忆美好生活的瞬间，在上面题字是记录美好生活的来龙去脉。”说完后严老必定还会送几张他最喜欢的照片给来访者，因此我家里现在还有许多严老送我的照片。

去严老家除了看严老的照片，更有意思的是看严老家的墙上到处贴着的是严老用毛笔写在宣纸上的漂亮小楷字条。这些字条都是严老用来提醒家人的话，很多都非常有趣，我经常都会抄录下来。

比如严老提醒七十多岁的儿子、三十多岁的孙女，带两岁多的重孙子的注意事项的一条："请千万注意，要防几件事。一防小孩乱跑绊倒；二防小孩吹空调感冒；三防小孩误吞东西卡住；四防小孩在床上乱跳跌倒。"另一条："小孩模仿力强，凡存在隐患的行为，大人都应该预防革除，不能听之任之，更不能明知故犯。切记，切记！"再一条："根据教育理念，现有的几盒大、重、硬的玩具，还不适宜给小孩玩。一则养成了小孩乱丢东西的习惯，二则损坏小孩的小手，影响生长发育。建议暂将玩具收藏起来，待今后可用时再用，且应理性地玩用。"

比如贴在厕所里的字条："便后请舀桶里收集的洗脚水冲厕所，以免浪费自来水，要随时养成节约资源的思想。"不仅墙上到处贴着字条，严老还会专门写些字条，我去看望严老时，严老就会把这些字条送给我。最有意思的一张字条写的是："人之相知，贵相知心！我这一段时间喜欢汇报我的想法。前段时间我心脏不好，看电视，以看娱乐频道为主。现在我以看中央新闻为主。特别是最近迎接十八大，有'走进基层'的节目，看出祖国进步发达，成绩辉煌，令人胸襟更加开朗，精神焕发。更感到没有党，就没有新中国，令人鼓舞！"每回看到严老的这些字条，就越发感到严老的可爱和实在，真是教人有不喜欢严老都不可能的强烈感受。

一回一位广州经商的学员跟我前去，出于对严老的敬重，送了严老四千元钱。而后，严老给我来了四五封长信，每封信都以毛笔微型小楷写了密密几页宣纸，内容都是反复申说我的那位学员因我对他的尊重而送他那么多重金，让他久久不能安心，他是却之不恭，受之有愧。他几个夜晚辗转反侧，不能入眠。他说自己无功不受禄，要理得才能心安，理不得怎能心安。他晚年以卖字贴补家用，但从来都坚持低价卖字。不管字画行把他的字价卖到多高，他都绝不涨价。一般来说，他五千字的小楷《金刚经》卖给画行都只卖三四百元，但有时画行竟以五六千元卖出。虽然如此，他仍坚持低价。他认为要为他人着想，这个他人也包含商人，也要为商人着想。商人要租铺子，请员工，而且不是每天都有生意，有没有生意都要给租金，给工资，商人也不容易。他的朋友说他没有经济观，他说什么叫经济观，他只主张人格观。所以他一辈子没有一样不可以对别人讲的事，就是“事无不可对人言”。

阐发了这么多理论后，严老在信中讲他郑重决定将这四千元钱退还，因行走不便，不能亲自到府送还，只能邮汇寄上。最后严老请我和我的广州学员要多多谅解支持他的无功不受禄的一贯宗旨。经过这件事情，我又被严老的高尚品德深深打动，这是怎样的单纯善良啊！这又是怎样的对人性善坚定不移的相信和践行啊！我再一次受到灵魂的洗礼。

西泠印社出版社以线装版出版我的四卷本《传薪文丛》。前两卷收录的是我写的与部分老先生交往请益的文章，后两卷收录的是我们家五代人的诗文作品。在第二卷中收录了我写严老的《实在得可爱的老书家》这篇文章。

我将这部书送给严老，九十五岁的严老非常喜爱，戴着老花镜反复认真阅读，在很多文章上都用毛笔小楷做了大段大段的批注。批注完后还全部复印了，订成一册，专程给我寄回。复印册的封面上写道:“李里老师您好！读了您的书,感想太多,思绪万千。特将四篇读后感与各篇批注寄上一阅。”严老的四篇读后感，其实是我的四卷书，每卷书他都写了读后感。至于批注，很多文章都有，一段一段如古人样题在文章的眉头上。

几乎每段文字都是严老高尚心灵的写照，比如第二卷书的读后感中写道：“李里老师拜访了很多有名、有学问的老人。他为什么不辞劳苦，费很多神、走很多路去拜访，去求教？目的只有一个，就是去取经，弘扬祖国文化。作为我来说，我有自知之明，我本是不学无术，何其渺小的人，怎能与诸位名家大师同日而语。但是李老师竟把我列入此书，真叫人受宠若惊，自惭形秽，徒增汗颜。不过，由此足见李老师胸襟之博大，他对老人，对有一技之长的人之尊敬，其胸怀，其精神何其伟大，真不愧为饱学之士，祖国文化的继承者。敬佩！敬佩！”

如第三卷书的读后感中写道：“从这卷书里看到了李老师家的家风，其中好多人都写了怀念他们的曾祖父、外祖父、外祖母、父亲的文章，可见他们的家庭教育是多么深厚，不愧为有根之家，书香门第。而李老师为什么要把它印出来呢？目的在于说明我们祖国文化重在传承。我读了以后，就感到我们家缺少家庭观念,但责任在我。惭愧！惭愧！”在家母写的序文上，严老又批了很多感人的字。如："我曾想李老师不但要忙于川师的讲课，又要忙于书院的事务，又要写著作，又要应付社会中的各种杂事，怎么吃得消呢？看到这些文字，才知道比我想象的大有胜焉。我诚恳地、由衷地希望李老师千万考虑一下自己的身体健康，有健康才能搞好事业！！！而且李老师的母亲黄旬老师也参与了李老师的工作，十分劳累。在此同样希望黄老师珍惜身体。为盼为祷！"

"这四卷书的总序是李里老师的母亲黄旬老师写的，写得好。她把为什么要编印这部书的原因，说得够清楚，一览无余，一目了然。立意何其高明伟大。不信，请看原文。""李里老师的尊老，始于少年，根子很深。我爱我的曾祖母和老人们也从少年开始，但不及李老师远矣！"在我写的怀念先师杜道生先生的文章上，严老批道："读了这篇李老师写杜老千辛万苦捍卫传承祖国文化精神的文章，感到杜老多么伟大，令人万分景仰。"

在我写马来西亚华人领袖沈慕羽先生的文章上，严老又批道："看了华侨领袖沈慕羽先生这样热爱祖国，热爱祖国的文化，我们身在祖国的人当如何呀？"看了严老的这些读后感和批注，我们一家无比感动，感动于严老的认真阅读，感动于严老的朴实文字，感动于严老的一片赤诚，感动于严老的深情厚谊，感动于严老的实在可爱。恐怕再没有第二个人对这部书下这样的功夫了。

这以后，严老因病住院好几次，且多次给我讲，他的心脏越来越差，经常咚咚乱跳，而且随时感觉非常疲惫。他决定停笔不再写字。然而，每次出院或身体感觉稍好一些，严老又忍不住提笔写字。有两次严老病后，我去看他，他又在写字。一次，严老刚写完一幅小楷《道德经》，在墨色未干的落款处题道："余不幸突患不完全性肠梗阻，住院后必须动刀。做手术不料未受丝毫痛苦，廿余天即出院，迄今已有数月，康复如常。上天保佑乎，冥冥中似有所感。此生大病小病前后共住院六次，均属侥幸过关，此非吉人自有天相，余难料也，嗟堪自慰。停笔不写字已达数月之久，但写字之情念念不舍，今日复提笔一试，深感年岁不饶人，心有余而力不足。余将鼓勇再试，生命不息，战斗不止。九六叟寄石。"

另一次，严老写好一本怀素的《自叙帖》，末尾又题跋："人生七十古来稀，吾今九十已觉奇。忆昔旧社会之苦难，不堪回首，喜今日生活幸福。我既享高龄，又能写字，何幸如之。当努力贡献余热，勤奋书写，须珍惜所剩不多的光阴，多提供作品，以奉爱好者，此吾之所愿也。寄石九十又七。"看到严老的题字，我两次都被感动得泪湿眼帘，心中受到极大的震动与鞭策。九十七岁的老人还在这样勤奋地工作，正当盛年的我们不是更应该发奋有为，积极贡献于社会吗？我两次都将严老的题辞赶快抄录下来，作为最好的箴言，时时勉励自己。

严老就这样在不断想坚决停笔，又忍不住一次再一次提笔的斗争中，走近了生命的终点。严老去世前的春节，我照例去看望他。瘦瘦高高的严老仍然声音洪亮，不容分说地一口气说着他想说的话。内容却是他最近虽然还在写字，但感到身体越来越累，写一幅字都要停下来休息好几次。以前一天可以写好几幅字，现在几天都写不完一幅字，他这次恐怕真的要停笔了。我安慰严老，冬天过去，开春天气暖和了，身体会慢慢好起来的。身体不舒服就不要忙着写字，等好一些了再写。凭严老的身体，活到一百岁毫无问题，字也可以写到一百岁。临走时，严老还如从前般不断叮嘱我不要太劳累，一定要好好保重身体。不想这一次的告别，竟成了和严老的永诀。

没过多久，就意外地接到严老儿媳打来的电话，告知九十八岁的严老去世了。我既惊讶又悲伤，没想到严老真的停笔了。

我当即就带着学生去严老家吊唁。严老的灵堂设在小区的楼下，我在严老的灵前含泪给严老磕头。严老的儿媳告诉我，春节后严老心衰严重，时时感到全身无力，站起来都觉得困难，但还是想写字。到临终的早晨，他还在写最后一把扇子，扇子上写的是诸葛亮的《出师表》，还没写完，严老就实在支撑不起了，躺到床上，中午即停止了呼吸。听到严老儿媳的话，我心中无限伤感，伤感自己再也见不到实在得可爱的严老了，听不到严老大声地、不容分说地一口气说着自己想说的话了，收不到严老一片赤诚、无比关怀、字里行间溢着深情厚谊的书信了……伤感之余，我又想严老真是兑现了自己“生命不息，战斗不止”的诺言，在书法的创作上更是做到了诸葛亮所讲的“鞠躬尽瘁，死而后已”。想到这一层，我又感到一丝欣慰与鼓舞。

我也应该像严老一样，永远积极乐观、热爱生活、勤奋实在，生命不息，战斗不止，以此来真正缅怀实在得可爱的严老。

走出灵堂，我又一个人专门到严老住家的楼上，在严老的卧室里流连了许久，把严老卧室里的每样东西细细看了一遍，算是对严老作最后的告别。在严老的小床头柜上，我看到了我的线装本《传薪文丛》。我翻开来看，正是严老题满了读后感和批注的那套书。然而只有三卷，刊着我写严老的那篇文章的第二卷没有，我想恐怕是被严老的亲人或朋友借去了。我征得严老家人的同意，将那三卷拿走。这题满严老笔墨、寄托着严老对我深情厚谊的三卷书，便成了我生命中珍贵的纪念。凡看到这几卷书，抚摸着这几卷书，我的眼前便浮现出实在得可爱的严老的音容笑貌。

二零二零年早春二月春寒忽浓之黄昏

李里于古乔烟水外

老实得可爱的书法家。成都有祖父曾祖父同科举人之后严寄石老先生，人品笃实诚厚，擅小楷，精美之至，寿九十八，待里极善，里绘以怀之。

非道弘人
——怀念百岁学者胡杰安老先生

前两天，广西师大出版社在我连续讲学四五年的成都图书馆搞了一个新书发布会，推出了拙著《子学讲义》。当天两三百名长期听我课的学生和民众参加了此会，并排队买书请我签名。他们拿到书时都非常兴奋喜悦，欢快地从封面到内容不断翻阅着，还时不时评说着封面上我的照片。有的说我胖了，有的说我比以前更富态了，有的说我已不像以前出版那几部书封面上的照片那么年轻了……当人们没有觉得有任何不对的时候，我却感到一种来自时代的深深的隔膜、无奈与孤独。

十年前，我因受邀参加第三届扶阳论坛的讲学去到上海。在论坛之暇，我拿着刚出版的《蒙书讲义》，再次去拜谒九十九岁的大学者胡杰安先生。热情地寒暄之后，胡杰安老先生拿起我的《蒙书讲义》翻阅，大致翻过，胡杰安老先生突然非常严肃起来，似乎很有些不悦地用因垂老而异常纤瘦细长的手指有力地指着《蒙书讲义》的封面，义正词严地用他的南昌口音厉声说道：“怎么能够把自己的照片印在著作的封面上？你看从古到今哪个学者把自己的照片印在封面上？怎么能这样自吹自擂、自我标榜……”受到年近百岁的胡杰安老先生这样的严斥，我像是晴空霹雳，既羞愧难当，又不知如何解释，只能默默领受。之所以晴空霹雳，是因为我之前也确实从来不觉得照片印在封面有什么问题，而且现今很多书籍上都印着作者的照片。我只是觉得有没有照片不过是出版社对书籍的装帧设计而已，根本没想到这封面照片背后是人的价值取向问题。但是胡杰安老先生既然这样严厉地批评了，我立刻意识到这是有大问题的，但究竟是什么样的问题，我当时是没有思考明白的。

当我越是对胡杰安老先生的批评体会得深刻后，越是对胡杰安老先生生起无比的崇敬，也就更无比地怀念胡杰安老先生。我与胡杰安老先生的认识是有因缘的。二零零五年春，我受成都大慈寺方丈大恩和尚之邀，在曾是唐朝玄奘法师受过戒的古大慈寺为民众讲授《易经》，每周六晚上一次。成都的人文底蕴是深厚的，老百姓都异常好学，只要哪里有讲学，人们都趋之若鹜，尤以老人为多。当时我在僧人们吃饭的五观堂讲《易经》。古旧的五观堂正常只能坐一百多人，但到开讲时常常要坐近两百人。五观堂的过道、窗边、门边、讲台边到处挤满了人，而且人们往往下午很早就去占位置，还常常因抢位置发生冲突。

《易经》一讲就讲了两年多，听讲的人们都强烈表示，我这个老师，二十多岁就对中国古文化了解得那样丰富深透，讲起课来深入浅出，风趣幽默，大家非常喜欢。很多热情的老人因此就渐渐相熟了，其中有一对斯文书气、很有些水平的谌东荄、吴筱苹老夫妇对我特别关爱，场场都来听讲，从不缺席，课后还要嘘寒问暖，让我一定要保重身体。

一回，年过古稀的谌老先生对我说：他有一位堂姨父叫胡杰安，是个大学者，精通国学，年近百岁还头脑清晰，住在上海。他已经把我的情况写信告诉了胡杰安老先生，胡杰安老先生大加称赞，一方面夸我是神童，一方面又夸我小小年纪能讲《易经》，弘扬国学，实在难得。临了，谌老先生还送了一本胡老先生的诗词集《苹苹余咏》给我，并在扉页上题了几行字："李里老师：特转赠此书给你，本书作者是学生的姨父胡杰安教授，现已年近百岁，住上海，希望老师喜欢此书。学生谌东荄。"这让我既十分感动于谌老先生的厚爱，又惭愧于胡老先生的谬赞。然而，对于从来都喜欢拜谒请教饱学老人的我，却异常欢悦于又有一位智慧的长者可以去亲近求教了。

因为想急切了解老先生，我认真拜读了胡杰安老先生的诗词集，对胡老先生的经历和成就有了初步认知。胡老先生是著名的水利学家，又是对中国古文化精通的大学者。江西南昌人，辛亥革命那年出生于一个贫寒的书香门第，从小聪慧过人，勤奋好学，高中毕业以第二名的优异成绩考取浙江大学土木工程系，毕业后担任过长江和淮河的各级水利工程师。先后担任过武汉大学、武汉水利电力大学、南昌大学等水利系教授，在水利学研究上取得卓越成就，写过许多水利学专著，其中一本《大坝接缝与构造》填补了国内外此项研究的空白，在水利学界产生了巨大的影响。九十七岁时还获得国家水利部颁发的“长期奉献水利优秀人员”奖章。水利学之外，老先生一生热爱中国古文化，晚年编写了十几本国学方面的小册子，《莘莘余咏》就是其中一本。

《莘莘余咏》是老先生著的《莘莘词草》的姊妹篇，也就是《莘莘词草》编完以后再创作的诗词合集。《莘莘词草》我是后来才得到的。集中收录了老先生一百二十首诗词作品。这些作品据老先生的自序讲可分为四部分，第一部分是他写给学生们的赠答之作；第二部分是他对自己照片的题咏之作；第三部分是旅游之作；第四部分是晚岁闲居之作。老先生在自序中说，他平生有个最大的嗜好，就是爱在照片背后题咏诗句，以备他年怀旧之用。其中很多诗句都颇有意思，如题《素餐小影》：“莫道丰衣足食好，古今才士出寒窗。”如《题窗前伏案著书照》：“水利江河编撰艰，寻书觅卷几曾闲？千行字里求佳句，万卷书中集锦笺。秋月临窗挥笔撰，春风入户抱书眠。老夫百岁无多志，留与后人着意看。”如《题东湖桥畔立影》：“八十春秋百劫身，沧桑幻化几浮沉。篱下菊黄陶令远，不话唐尧不话秦。”如《题寓侧雪中立影》：“纵然百卉凋零日，犹见苍松白雪头。九十年来同梦幻，春来春去任沉浮。”如题《剪梅小影》：“日静风清何所事，金刚读后理梅枝。”如《题上海公寓独坐》：“来沪客居人已老，风晨雨夕动乡思。”老先生的这些题咏非常亲切平易，我甚是喜欢。因为读着这些句子，我就可以遥想一位出身寒门、饱经沧桑、热爱生活、笔耕不辍、品性高洁、襟怀淡泊、思怀故土的百岁老人的形象。当这个形象在我脑中缓缓浮现后，我就心中念念，更希望有机会去上海拜访老先生。

二零零八年我终于因上海交通大学的邀请讲学有机会到上海。这个机会我是断然不会放过的。我早早就在谌老先生那里问好了胡杰安先生家的地址，一下课就迫不及待地循着地址找到了胡杰安先生的家。胡先生的家在一个幽静的小区里，开门的是一位保姆。屋里装修得非常现代而精美，除了几幅字画以外，根本看不出是一位老人的家。

后来才知道这是胡杰安先生孙子的家，孙子特意把胡老先生从南昌老家接来住在这里。孙子早已成年，算是成功人士，在外经商，不常回来，平日就只有老先生和保姆在家。当我和保姆说明来意时，已看到了客厅中的胡老先生。老先生身材清瘦、面目白皙、稀疏的几根银发、嘴因牙齿掉尽而完全凹陷、眉弓高高凸起、深陷其下的眼睛异常犀利、上面架着一副黑框眼镜，看上去儒雅而睿智。我上前用颇大的声音给耳朵有些背九十八岁的老先生自我介绍明白后，本还在迟疑，还在用犀利的眼光审视我这个不速之客的老先生脸上，一下子露出了喜悦的神色，用一口地道的南昌口音说：“你就是四川的那位神童，欢迎欢迎，非常欢迎。”

说罢，老先生亲切地拉着我的手让我和他一起在客厅的沙发上坐下。老先生对我很是热情，甚至还有些激动，连连说他简直没想到我会从四川千里迢迢来看他，更没想到他有生之年还能见到我这位神童。我急忙大声给老先生解释，我哪里是什么神童，都是谌老先生的抬爱和鼓吹，我只是个热爱中国文化的学习者，我对老先生才是非常崇敬，早就想来拜访请教。老先生说：“不敢当，不敢当，后生可畏，后生可畏。”老先生虽年近百岁，却颇健谈，不一会儿便对我自由地谈说起来。

谈他求学于浙江大学，最崇拜学识渊博、开创中国气象学、人格高尚、公而忘私、抗战中领导浙大西迁、不顾妻儿去世、保护杭州文澜阁所藏《四库全书》的竺可桢校长；谈他虽是研究水利，但从小读古书，喜好国学，佛经、宋词是一生之最爱，《金刚经》读得烂熟也没有证到五蕴皆空，词倒是遣兴抒怀，填了不少，也未证得词家三昧，还笑引了自己的两句诗“佛语宋词均所好，愧我无灵不得深”以自嘲；谈他喜好书法，老年在家无事，更是每天都要写字；谈孔子是中国最伟大的圣人；谈他收到了贤侄谌东荟寄给他的我所著的《论语讲义》，说我这么年轻的年纪，就能给孔圣人的书作讲释，很了不起……

老先生虽然耳朵有点背，但精神却是矍铄的，思维异常清晰，讲起话来条理清楚，声音有力，一点儿也不像年近百岁的老人。只是老先生浓重的南昌口音，听起来比较吃力，必须认真努力听才能听懂。

而老先生最让人记忆深刻的是，他黑框眼镜后那双随时都透着犀利与深邃目光的眼睛。如果不笑，这双眼睛足以教人肃然起敬。然而老先生对我是亲切的，谈话之余又将他晚年编写的几本书赠我，还在他的词集《莘莘词草》的扉页题上了：“李里大师法正，胡杰安敬赠，二零零八年五月十五”两行字。老先生称我为“大师”，还用“法正”，让我一方面觉得名不副实、羞愧难当，一方面觉得老先生的无比谦虚与深深厚爱。

写毕，老先生又深沉地对我说：“我平生的情怀，都在这部词集里，你可以认真读读！”我答应老先生一定会的。我看老先生写的字是何绍基的风格，便询问老先生。老先生说他最喜好何绍基的字，一生都是学他的字。我请老先生写幅字送我，老先生便到书房从他平日写的众多作品中挑了一幅他很喜欢的字，字的内容是：“渔夫夜傍西崖宿，日煮清泉燃翠竹，悠然山水自乐乐。”然后，他拿起毛笔在字的左边题了“李里清玩，百岁老人胡杰安”几个字。

得到老先生的墨宝，我是异常珍视，一直藏在书柜里。直到我办传薪书院时，才郑重用黄绫黑框装裱挂在书院的讲堂上，至今犹存，为传薪学子们所熟知。这一次的拜会，我是无比感激又心满意足的。久盼拜访老先生的夙愿得以实现，不仅受到老先生热情亲切的接待，还得到老先生的赠书赐字。离开老先生家的我真是高兴得有些手舞足蹈起来。

老先生赠我的书除了《莘莘词草》外，还有《道德古遗风小集》《宋代先贤晚节吟》《古贤吟句话余年》《胡杰安教授寿缘录》几本。《道德古遗风小集》《宋代先贤晚节吟》《古贤吟句话余年》都是老先生晚年编撰的国学小册子，内容是中国古代圣贤的事迹和诗文，用以教育今人，培养高尚情操、美好人格。

书中高扬礼义廉耻的立国四维和忠孝仁爱、信义和平的做人八德。老先生选的古圣贤既有人们熟悉的像大禹、孔子、孟子、苏武、岳飞、文天祥、陆秀夫、林则徐这样的人物，更有人们不太熟悉的编写《千家诗》的抗元名士谢枋得，弹劾大贪官和珅的训诂学家水利学家王念孙，支持戊戌变法的湖南巡抚陈宝箴，追随孙中山讨伐陈炯明而牺牲的海军烈士盛白沙这样的人物。这些书既可以看到老先生渊博的学识，又可以看到老先生对于弘扬中华传统美德的高度自觉与迫切愿望，也就更可以知道老先生为什么那么肯定称赞我所著的《论语讲义》。其实，老先生并非称赞我著的书，而是称赞我著的是弘扬《论语》的书。这些都更让我升起对老先生的无比景崇之情。

《莘莘词草》是老先生所重嘱，我自是从头到尾认真读了好几遍，每读一遍都有无限悲凉之意萦绕心头。词集前有一篇文采斐然的序，叙述作词的缘由，可识老先生心迹，录在这里："余自幼爱好倚声之学，暇辄吟诵自遣。年将不惑，华夏多难……世事纷纭，斯心忐忑，当此非常时代，处此非常境界，所见所遇，尤为非常。人非木石，孰能无感？既有所感，孰能无所寄托？词乃心声，感而赋之，不亦宜乎？庚申以前，吟均腹稿，未敢见诸纸笔，以避祸灾。嗣后始执笔记之。经选百余阕，以成此册。第余从事水工技术及其教学，近六十年，历劫经难而赋此，其中实非一人感触所寄，乃千百万同命者之心声。工拙固非所计也。"

谌东荄老先生曾对我说，很多人觉得姨父胡杰安先生的词比诗作得好。我读了这本词集，深以为然，觉得老先生的词达到了相当高的造诣，即使置诸古人也不相让，今人更是鲜有能及。以我孤陋寡闻所知，只有蜀中百岁诗人刘克生老先生的词可与之颉颃。最难能可贵的是胡老先生是位水利科学家，并非专门的词人，词只是业余遣兴，业余之作却达到如此水平，更见得胡老先生了不起了。不过这样的事情，大抵只能发生在过去的时代，今天的学者受西学影响太甚，多是囿于一科之学，在专业之外则茫然得很，更休谈崇高造诣了。词集收录老先生一百二十七首词，首首意象萧疏苍凉、孤寂幽邃，情感凄寒彻骨、悲沉婉转。

如《潇湘夜雨·端阳狱中》："泊水招魂，娥江沉骨，蓬鞭角黍凄惶。一帆风雨逐孤航。流水咽，章门问渡；清泪沏，樵舍回肠。来还去，长亭水驿，夜雨潇湘。迷离梦里，惊涛起伏，百尺桅樯。任泡随波灭，点点沧桑。潜水窟，龙吟鼍吼；临苇渚，鹭浴鸥翔。凝眸处，长天一色。云水共苍茫。"

如《离亭燕·春暮狱中》："水际光浮红乱，暮雨西山春晚。欲卷珠帘烟雨重，望断窥帘双燕。寂寞旧巢空，人在落花深院。十二雕栏团扇，念四绮桥笙管。思忆楚尘浑似梦，无奈梦沉书远。掬水夕阳斜，点点萍花幽怨。"

另有一首吊亡妻的《翠楼吟》词也写得沉痛至极，不忍卒读，词云："北牖炉寒，南楼瑟堕，鸾鸣镜影凄恻。春花秋月了，更灯火平生休忆。魂兮难觅，只别梦依稀，幽冥空寂。悲风急，又惊江上，数声哀笛。月黑，长夜孤灵，对半生遗恨，几行鸿迹。

鼓盆庄子杳，独先物身亡鹏蝶。重泉千尺，但一束生刍，满阶梧叶。铜驼陌，暗尘荒冢，几丛残碧。”

读了这本词集，才能走进老先生幽寂凄怆的内心世界，感受老先生灵魂深处的苦难历程，也才明白了为什么老先生特别叮咛我要认真读这部词集。

老先生赠我的书中还有一本《胡杰安教授寿缘录》。这本书里都是一些老先生配诗的照片。当我看到其中几张特殊的照片，一下子无比兴奋激动。这几张照片是老先生关心艾滋病儿童时的讲话、捐款和获奖时照的场景。

因为几年前，我无意中看到中央电视台正在播一位年近百岁的老人。他长期无私关怀艾滋病儿童，并写了大量的文章，奔走呼吁全社会都来共同关心艾滋病儿童，还将自己的半生积蓄都捐赠给艾滋病儿童。当时我就极其感动，心生景仰，希望有一天能去拜访这位善良崇高的老人。没想到这位向往已久的老人竟是胡杰安先生，内心的喜悦真是不可言说。

《寿缘录》上有老人在艾滋病大会上即兴赋的诗，诗云：“救治艾童救火急，同心同德同合力。仁人善士广慈怀，不许老夫场外立。”

书中另有一封中国预防艾滋病基金会写给老先生的感谢信：“尊敬的胡老教授，您好！您多次捐献的善款救助了受艾滋病影响的儿童，保障了部分灾区儿童的衣食无忧、身心健康、安心学习。我们代表这些孩子感谢您。您的善举是对中国艾滋病防治事业的最大支持，会带动全社会来关心、帮助、支持中国艾滋病防治事业。您的善举会得到全社会的敬佩和尊重。”

知道饱学深沉的胡杰安老先生就是我当年崇敬的关心艾滋病儿童的老人时，我对胡杰安老先生的喜爱与景仰之情更是无限充盈，几乎塞满了我当时的全部身心。

当我带着这样无比充盈的喜爱与景仰，拿着新出版的《蒙书讲义》再次去拜见胡杰安老先生的时候，却被第一次感觉非常热情亲切的胡老先生严厉地训责了一番。如果不能真正懂得胡老先生的精神世界，是很难理解胡老先生前后迥异的态度与甚是严厉训责的意义的。

其实在我第一次拜访老先生之后，胡老先生还给他的侄儿谌东荄老先生写信讲："近日《参考消息》报载《在日本感受论〈论语〉影响》一文，可见《论语》流传国外，广受推崇，因特寄请交神童收阅，集思广益，以玉其成，谅所乐为。"胡老先生对我年纪轻轻就能宣讲《论语》，弘扬中华民族的优秀道德文化传统，确实是太高兴了，所以我出版的《论语讲义》的封面上有个人的照片，老先生也就姑且原谅了。没想到我出版的第二部书封面上又有个人照片，这一次老先生就忍无可忍了，必须指出并严加批评。这正是一生执教、培育无数桃李的严师的品性：学生弟子有问题，一定严肃指出，督促改正，绝不含糊。

而老先生所批评的封面照片的问题究竟是什么呢？是中国读书人读书所为何来的问题。《论语》里讲："古之学者为己，今之学者为人。""人能弘道，非道弘人。"意思是说，古代的学者读书是为了自己，今天的学者读书是为了向别人炫耀。读书人著书立说讲学都是为了弘扬圣贤之道，不是利用圣贤之道来宣扬自己。在《论语讲义》《蒙书讲义》的封面上印上自己的照片，不是用《论语》《蒙书》来宣传自己吗？圣贤之道最大的价值是超越功利，用圣贤之道来谋取功利，这不是与圣贤之道背道而驰吗？既然在讲《论语》，还这样做，真的读懂《论语》了吗？没读懂《论语》又讲《论语》，岂不是亵渎《论语》，误导大众吗？这么严重的问题不批评，什么问题才批评呢？真是孔子说的“是可忍，孰不可忍”。明白这个道理，也就不难明白胡杰安先生为什么会那样生气，那样严厉地批评了。

我对于胡杰安老先生的批评是完全心悦诚服，一万个赞成的。“古之学者为己，今之学者为人”“人能弘道，非道弘人”的道理我原先也懂，但懂得并不深刻，并没意识到著作封面刊印自己的照片就是以道弘人的行为。虽然主观意识上没有这种想法，但客观效果就是这样的。胡老先生的批评真是醍醐灌顶，让我彻底懂得了圣人的教诲。孟子说：“无耻之耻，无耻也”，意思是说不知道可耻的可耻，才是真正的可耻。

我还是一个讲传统文化的人，我都没察觉到书的封面印自己的照片是可耻的，何况早就已经和传统文化疏离的大众呢。

这以后，我已将胡杰安老先生当成我生命中重要的良师，经常思念他，盼望再见他。二零一二年，我又到上海讲学，再一次怀着异常喜悦的心情去看望胡杰安老先生。这回一百零二岁的胡老先生已躺在床上，人更瘦了，气更微了，耳朵更背了。保姆说他基本不能下床了，有时候身边的人都不认得了。

老先生竟还认得我，虽然精神很弱，眼光却仍是犀利的。这回，老先生拉着坐在床边的我的手，用他更苍老细弱的南昌口音反复对我说："我想回南昌老家，我想回南昌老家，我要落叶归根……"说话时，眼角似乎盈着浑浊的泪水。我告诉耳朵已几乎听不见的老先生，等他身体好些了一定会回老家的。

二零一三年深秋，踏着萧萧落叶，我最后一次敲开胡老先生的家门时，保姆告诉我老先生已经回南昌老家了。我怅然若失地离开，心中一面为老先生终于回他向往的老家而高兴，一面隐隐有些不祥的预感。几个月后，远在上海的胡老先生家的保姆打电话告诉我，胡杰安老先生已经在南昌老家安详地去世了。听到这个既在意料之中，又在意料之外的消息，我的泪水模糊了双眼，心中悲伤：我又失去了一位良师，中华民族又失去了一位深深被中华文化所化的善良、睿智、崇高、饱学的老人。

文章写到这里，我又看到摆在书案上的自己刚出版的新著《子学讲义》，而这时讲义封面上的自己格外刺眼，让我百感交集。自己的惭愧无奈、与当代社会的隔膜、笃行古道的孤寂、胡杰安老先生所代表的时代人格的逝去，一齐涌上心头，久久难以平静。

胡杰安先生的严厉教诲虽言犹在耳、警钟长鸣，然而我的新著却仍在重复着过去的错误，这样的知错不改是何等惭愧；但这错误的改正又完全由不得自己，又是何等的无奈。我虽极力以古圣贤、胡老先生之教诲力行，然而行之愈深，愈感到古来圣贤皆寂寞的孤寂。

正是有这种人格，胡老先生才急迫地希望社会道德的重建；关怀着个体生命以外的天下苍生、弱势群体、艾滋病儿童；个人的苦难再深重也不影响他对生活、对人世的热爱；不仅在水利专业上有卓越成就，在国学上也达到极高造诣。而这种传统读书人的人格正是今天大多数知识分子所稀缺的。越是稀缺，越是觉得胡杰安老先生的可贵，也越是庆幸自己能认识胡杰安老先生，并得到胡杰安老先生的教诲，也越是感激谌东荄老先生能介绍我认识胡杰安老先生。胡杰安老先生，您放心吧，您虽然走了六年了，可是您非道弘人的教诲我一天也没有忘记，我将永远牢记，直到生命的尽头。

二零一九年夏至后两日细雨黄昏

李里谨记于蓉城传薪书院望南楼

非道弘人。上海有百岁学者胡杰安先生，睿智犀利，于里之著作图画批评责难，里受益匪浅，绘以纪念之。

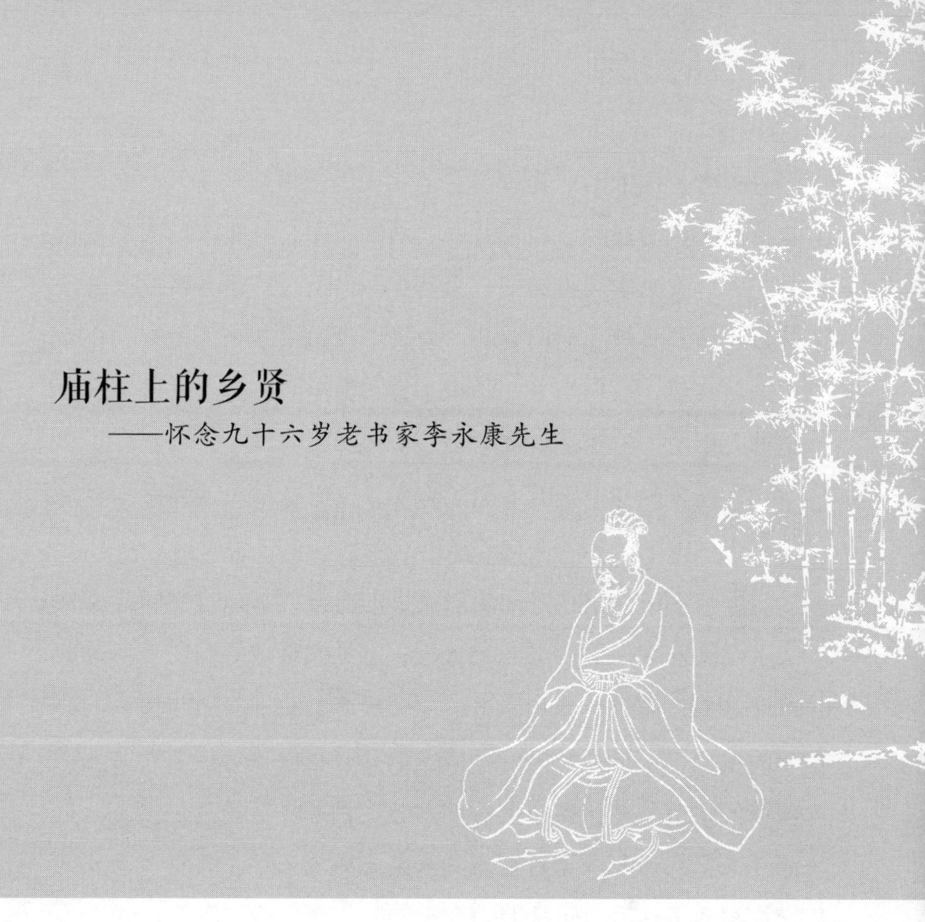

庙柱上的乡贤

——怀念九十六岁老书家李永康先生

小序

“乡贤”一词于今人是颇陌生的，然而在古代中国，人们却是熟悉的。何以熟悉，因为古代中国几乎乡乡皆有乡贤。何谓乡贤，即乡村中的贤人。

古代中国是农耕的中国，所有的人都靠着土地吃饭。农耕中国人民的本质基本都是农民。农民靠勤劳节俭，一点点艰难地积攒财富，然后买些土地，雇人来耕种，便是地主；农民专门去买卖土地上的产物或与土地相关的产物便是商人；农民在农耕之余修房造物、烧瓦打井、纺纱织布、打造家具农具等便是工人。农民中读得起书且书读得好的通过科举考试进入统治阶级，便是管理人们的官员。农民中读过书却未能做官，在乡里既耕且读，品行端方，学识丰富，深受乡民尊崇并成为乡民道德人格楷模的便是乡贤。

往往乡贤身上既有农民的朴实，又有读书人的操守。乡贤在乡土中国数千年的文化传承中起着极为重要的作用。

十一年前，我在乡间隐居著书的时候，却通过乡间寺庙柱头上众多匾额中温润漂亮的墨迹，意外欣喜地寻到留下墨迹的八旬老人，而这位八旬老人的生命形态、精神气质与在乡人心中的地位，正符合乡贤的特质。从此，我便与这位老人结下了深厚的情谊，并从他身上深刻地感受到了乡贤的真正魅力。直到今天，我还在怀念着老人的人格光辉。去年，我将与老人的交往写成了这篇《庙柱上的乡贤》。

十年前，我暂时告别了持续数年的全国各地四处奔波讲学的忙碌生活，在教书的四川师范大学告了假，排除种种杂务，为专心写作《蒙书讲义》而隐居乡间。

隐居的去处向往已久。这去处是我少年时代寻访外祖父的故乡而路经的一个地方，在江边古渡的小庙上。江叫涪江，发源于四川的松潘，最终流归重庆的嘉陵江。涪江流过外祖父的故乡射洪县。过去去外祖父老家的小镇必须从涪江过渡，渡口叫青堤，相传是唐朝已有的千年古渡。而车路发达的现代，人们已不大走水路，青堤便逐渐隐没在岁月的深处，只有渡口两棵苍劲巨大的老黄葛树似乎在述说着历史的繁华。

江边只有一只渡船，渡着偶尔赶场才乘坐的很少的两岸的乡人。从江边顺着黄葛树间的一坡长长的青石梯上去，有一条路通到破败、古旧、冷清的青堤街上。路的旁边就能看到一座隐现在半山坡上的小庙。小庙在江对岸就能看到，仿佛在山顶，因而乡人把它叫作顶顶庙。庙里有唐朝目连和尚母亲刘氏的墓，因而又叫目连寺。

据说民国年间目连寺规模很大，从山坡下一直到山顶上全是。而我去的时候，该寺已是毁坏后由乡人们重建的，只有坡顶上的一小块地方，山门上去仅有两重殿和几间寮房，叫顶顶庙倒是挺合适的。庙小人也少，庙里有一位年近八旬的叫作昌果的老尼，再有两个守殿和煮饭的居士，实在是清静得很。我就在这个江边古渡的清静小庙里隐居了近一年。

我从繁华的都市、忙碌的生活中一下子隐居到这偏远而宁静的江边小庙，心境是格外的欢悦。我住的寮房就临着江岸，站在寮房外的石栏边就能望到山下的古渡、古渡边的孤舟、孤舟外苍苍茫茫的江水、江水对岸草坪上缓缓吃草的牛羊。春夜的晚上，沐着月光，坐在栏前，望着江中河滩上映着月光大片大片的油菜花，《春江花月夜》便一时涌上心头。每天白天我就坐在寮房里写《蒙书讲义》，黄昏时分吃过晚饭不是到江边古渡漫步，就是到青堤老街上听街上的老人述说青堤昔日的热闹。

天天写作，偶然也放一两天假，放假的时候便到附近的场镇转转，离青堤最近的场是天福场，步行也就二十来分钟，然而天福场已不是外祖父的故乡射洪县，是我祖父的故乡蓬溪县。步行二十几分钟便往返于外祖父与祖父的故乡，心里别有一种不可为外人道的喜悦。天福场尽头的小山上有一座狮山寺，这座寺有五六个顶顶庙那么大，七八重殿，装修得金碧辉煌。顶顶庙的居士告诉我，这狮山寺是一位姓郭的女居士一个人出钱修的，一年修一些，慢慢便修成了现在的一座大庙。

我第一次到狮山寺，除了被狮山寺的壮观惊异外，便是被狮山寺殿堂柱头上匾额的书法倾倒。狮山寺殿堂多，柱头多，柱头上的匾额也多。我到寺庙里最喜欢看匾额，一是看匾额上的对联，一是看匾额上的书法。我看到狮山寺殿堂柱头上黑底黄字的书法，写得异常工整、沉稳、温润、厚重，一派端庄祥和的儒家气象，仔细看却都没有落款，我很是疑惑，如果是古人所写应该是有落款的。今天所谓的书法家写的字大多是龙飞凤舞、鬼画桃符，毫无书卷气息，要写出这样的字简直是凤毛麟角。我忍不住心中的好奇，就问了庙里的一位师父，师父很有些自豪地告诉我这些字都是我们本乡人写的。我心里十分惊奇，这偏远的乡间居然还有能写这样好字的人，急忙问高姓大名、春秋年岁，师父告诉我写字的人叫李永康，已经八十四岁，就住在庙背后的山下。我喜出望外、激动不已，简直有些手舞足蹈起来，又忙打听了老先生的具体住址，便离开狮山寺，迫不及待地去寻访天福镇的李永康老先生。

下山在天福场上雇了辆黄包车，几经打听找到了三里多路外乡下的李永康老先生家，家里人却说李永康老先生在场上坐茶馆，询问却不知道在哪家茶馆。我又坐着黄包车返回场上一家茶馆一家茶馆地找，一家茶馆一家茶馆地问，好在场不大，五六家茶馆找完，终于在街口的一家小茶馆里找到了被众多老农围着聊天的八十四岁的李永康老先生。

李永康老先生瘦瘦高高，脸长长的，一双耳朵也长长的，皮肤虽有些被太阳晒成的黝黑，却没什么皱纹，戴着一顶灰布鸭舌帽，一身蓝布中山服，一看就是位乡村的读书人，朴实而有文化，这样的人在旧时代即被尊为乡贤。

围着李永康老先生的老农们看起来都还是有些文化的。听说我是专门寻访老人而来，便七嘴八舌很自豪地给我介绍，说李永康老先生一肚子学问，会写诗填词，字写得好得很，在本地是大名鼎鼎。他们这些老头子每次赶场都要来茶馆听李永康老先生摆龙门阵，摆忠臣孝子、摆武将文官、摆国家大事、摆三教九流、摆老年人的健康保健，李永康老先生什么都晓得。他们还特别得意地说，三教是哪三教，九流是哪九流，你问嘛，他没得不晓得的。

坐在其中的李永康老先生听了我的自我介绍和访他的缘由，一边很有些诧异，一边又不断自谦，说不要听他们瞎吹，他只是一介村夫，一辈子在农村，没见过世面，孤陋寡闻，最多比别人多识几个字，喜欢写字，别无是处，不足挂齿，让我这个堂堂大学教授去访他，简直不敢当。老先生虽然非常谦虚，但谦虚中却流露出自尊的傲骨，这自尊的傲骨或许来自老先生所自认为的地位的悬殊。当老先生真正感到我并没有大学教授的丝毫骄傲，而是对他无比真诚的崇敬赞叹和毫无半点虚伪的谦虚后，就慢慢对我敞开心扉，告诉我，他这个人一辈子与世无争，喜欢逍遥，不爱名利，狮山寺上的匾，是因为他觉得修庙的郭居士很不容易，一个妇女修那么大个庙，请他写对联，他才写的，而且他写的匾额既不落名，也不收庙上一分钱。他还对我说，庙上他写的那些对联既有前人的古联，也有他自己编的。

我说老先生不署名，都不知道哪些对联是他撰的。老先生便给我举了个例子，说山门进去弥勒殿上的对联就是他改写的。他说弥勒殿的古联是："'大肚能容天下难容之事，开口便笑世间可笑之人'，大肚能容，难道坏的、邪的、奸的也容吗？"他不以为然，改成了："开口便笑非笑忠而笑奸要不忠奸莫辨；大肚能容只容善焉容恶否则善恶不分"，我听了拍手叫绝，说老先生改得太好了。不仅我说好，我母亲和其他很多跟我去看过这副对联的人都大加称赞，感叹李永康老先生这位乡贤很有水平。

以后我多次去狮山寺，遂一一将老先生自己编撰的对联辨识出来。如："送夕阳，迎素月，黄卷青灯，诵断沉迷金钱梦；伴流云，沐清风，晨钟暮鼓，击尽污浊罪恶根。""开佛寺，供旅游，漫欣赏，观音慈悲救难，弥勒傻笑容物；休迷信，广胸怀，任评说，雷神惩凶击恶，韦陀除魔降妖"等，一看就是受儒家教化的人写的佛门对联，既充满劝诫意义又极有味道。像"弥勒傻笑容物"一句，真是妙趣横生，又绝不会出自佛门中人之手。每次读了都让我喜欢得很。

因为开始茶馆的几位老农说到三教九流，我便特意请教了一下李永康老先生。儒、释、道三教，儒、道、墨、法、名、阴阳、农、杂、纵横九流，我自以为是懂的。李老先生却告诉我，各朝对九流的界定很不相同，特别是元朝。元朝的九流是：官、吏、僧、道、医、工、娼、丐、儒。老先生说元朝太不像话了，把儒放在最后一位，连妓女、乞丐都不如。老先生又说之所以把读书人叫臭老九，就是跟元朝学的。“儒”就是读书人，读书人排在第九流，还在妓女、乞丐之后，当然臭了。

第一次的交谈便让我感受到李老先生的乡贤风骨和广博学识。李永康老先生也觉得非常愉快，临走时叫我有空就去茶馆耍，他每场都在这个茶馆喝茶。不赶场的冷场天，他也欢迎我去他家里玩。

之后，我在顶顶庙的写书生活中多了一个重要内容，就是时不时逢场天到天福场场口的茶馆或李永康老先生乡下的家中，和李永康老先生摆谈。之所以用摆谈，是因为我每次说请教，李永康老先生都坚决地说：“不是请教，不是请教，我们是忘年交，就是摆谈而已。”久而久之我也只有恭敬不如从命地称之为摆谈了。在这样的摆谈中，我对李永康老先生的经历也就有些了解了。

李永康老先生民国十四年出生于天福乡下，父母亲做杂货生意，父亲很重视对他的教育，七岁就送他到远房叔叔的一位姓门的先生那里读私塾，所以《三字经》、《千字文》、《幼学琼林》、《增广贤文》、《古文观止》、“四书”这些旧书他都会背。读中学时他特别喜欢读《聊斋志异》《昭明文选》《玉台新咏》和民国诗僧苏曼殊的小说《断鸿零雁记》《天涯红泪记》。父亲尤其重视写字，对他讲：“字是人的脸面，字写得好到处受欢迎。”还给他买了很多古人的字帖，过年过节别人家都在热闹玩耍，父亲则带他到附近乡场的道观、寺院去临摹柱头上的匾额对联。他拿着毛笔坐在地上临写庙柱上匾额上的字，父亲在一旁给他端墨盘磨墨。青堤顶顶庙以前是座大庙，匾额对联多得很，也是他们父子去临字最多的地方。

这段经历，李永康老先生饱含深情地给我谈过多次。他说他一辈子喜欢写字，能写一笔勉强像样的字，都是父亲督导的恩情。李永康老先生还经常用老拙的声音模仿父亲的话给我听：“走，我们两爷子去青堤庙上写字。”

李永康老先生读书读到二十岁，就帮着家里一边做农活，一边做生意。一九四九年后二十四岁，他写一篇文章、做一些简单的加减乘除题，考取了小学教员，教语文、历史课。教了几年书后，李永康老先生因为个人原因离开了学校。自此以后，他便再没出去工作，一辈子在乡间务农，过他喜欢的闲静的田园生活。

这种生活就是传统中国乡村读书人耕读传家的生活。种田之余，李永康老先生喜欢吹拉弹唱，二胡、笛子、风琴都很熟练，川戏更是经常唱演。但他最喜欢还是读书看报。乡间买书不方便，他就订报刊杂志看，最多时订了十三种，什么《文摘周报》《参考消息》《人民文学》《小说月刊》《诗词报》《书法报》《中国书画报》《晚霞报》《健康报》等，真是琳琅满目。我还从没见过哪个私人订那么多报纸的，更何况是一个偏远乡村的老人，这也足见李永康老先生的好学博学了。李永康老先生讲，他读这些书报都是因为自己喜欢，从没想要深入专研、系统探讨、著书立说，所以自己的学问杂得很。平时偶然写点诗词，也是兴之所至，或是看到国家兴旺发达，忍不住要歌颂；或是看到歪风邪气，忍不住要讽刺；或是亲人离去，忍不住要缅怀。

晚年，他私塾同窗的老朋友竟也把这些作品编印成一册，李永康老先生取名叫《村翁随笔》。李永康老先生也送了我一本，书薄薄的三十来页，印得极为简单，封面就是一张薄黄牛皮纸，纸中央竖着四个电脑体的黑字。

李永康老先生在自序中说："我的这点不多的诗作，力求通俗，不饰雕琢，只是'下里巴人'的鄙陋之作，不可企及'阳春白雪'的高雅品位。集印成小册，用于赠送亲友，以作留念。更作为留给后代，让后人知我是一个尚具有一定是非观、正义感的普通人而已，斯愿足矣。"李永康老先生的《村翁随笔》像他的人一样朴实低调，简直低到泥土里了，然而其中的很多作品都写得极有价值，生动形象、妙趣横生、生意盎然、朴素自然、浑然天成、雅俗共赏。有学问的人读了能见其中之妙，普通农民读了更是喜闻乐见。像歌颂改革开放后农村幸福生活的组词《忆江南·丰收乐》五首：

"东方亮，披衣早起床。轻胭淡抹巧梳妆，苗条清秀美娇娘，携儿去赶场。

上街走，放眼四处望，家家店铺人熙攘。满目商品皆琳琅，件件动人肠。

叫卖声，清脆又响亮。你挑我选细品量。美观大方新时装，彩电好音像。

小闺女，买套新衣裳。手上飘个氢气球，嘴里吃块米花糖，乖乖喜洋洋。

满载归，烘烘暖心房。汗水换得丰收乐，一路走来一路唱，大步奔小康。”

像用麻将牌名写成的讽刺麻将迷的《麻将祭文》：

“呜呼！老爸：你沉迷麻将不知疲倦，二筒圆睁像你的双眼，四条像你挺直的两只腿杆。你本想赢个七万八万，哪知道一个妖鸡害了你，反输了四五六万。你想翻梢，拼命再搓几圈。一张九筒点了两家满贯。一口气不来，竟去了阎王殿。追悼会很不简单，来了你清一色的麻友，排成了一条龙，他们把‘姊妹花’‘杠上花’送到了你的灵前，作为对你最好的祭奠。你单吊红中的好教，今天总算在火葬场糊了，满足了你最后的心愿。遗憾的是那些东南西北风呀，你永远看不见。”

李永康老先生的家风极好，父母都温良娴善，妻子贤惠能干，儿孙勤劳孝顺。老先生的父亲活了八十八岁，母亲活了一百零二岁，这是李永康老先生很以为自豪的。他二十岁时娶了舅妈的姐姐家十六岁的女儿为妻，妻子没读过书，但异常聪明能干。老先生教外孙背书，妻子在旁边听了一遍就背得了，老先生笑夸妻子说：“你若读书，随便都是尖子生。”妻子种庄稼要抵两个男人，待人接物、操持家务都是好手，特别是和老先生结婚近六十年没红过一次脸，没吵过一次架，格外恩爱。没想到七十四岁时突发心脏病，一小时就去世了。李老先生非常悲伤，写了好几首诗词缅怀妻子，首首都情深意切催人泪下，如《长相思》：“残月寂，子规啼，声透纱窗倍清凄，露冷含悲滴。两相依，终别离，鸳鸯梦醒孤枕湿，罗帐缺人语。”

《浪淘沙》：“卿逝瞬四年，梦绕魂牵。琴瑟音好弦倏断，独对孤灯不成眠，往事如烟。老天不长眼，何苦离散。坟台纸灰化蝴蝶，夜雨萧萧添愁怨，似水潺潺。”

老先生有一儿三女，孙儿辈又有男女十个，重孙辈还有三四个，都对老先生十分孝顺。逢年过节一大家人聚齐要坐四五桌，其乐融融。特别是二女儿李笑梅，很像李老先生的妻子，极其能干，里外一把手，曾经是幼儿园的优秀老师，退休后一直在家里照顾李永康老先生，李老先生也对这个女儿十分称道。我每次去老先生家做客，还有后来每次我们一大家人去李老先生家，都是李老先生的女儿李笑梅忙里忙外、倒水泡茶、烧火煮饭、里外张罗。李老先生家最近几年修新房，从到政府办各种手续，到买全部建筑材料，到请工人，到每天给两大桌工人买菜做饭，还兼照顾李永康老先生，到新房修好布置打扫，到乔迁请客全是李笑梅一人操持。

李老先生乡下没修新房前的老屋很有味道，是一排青砖灰瓦的三合院，屋前是一块青石板地的院坝。李永康老先生经常摆着方桌在院坝里写毛笔字。院坝周围栽满了柚子、桃子、李子、核桃等果树和各种花木，果子熟时，顺手摘下来就可以吃。我去李永康老先生家玩时，李永康先生的女儿常常会摘些果子给我吃。果树下边的土地用竹篱笆圈起来，喂了些鸡鸭鹅兔，院坝前面下几步石梯便是一条清澈蜿蜒的小溪，小溪上架着一块长长的青石条，就通到院外的田野去了。坐在李老先生的院坝里，闻着院里的花木果树的清香，听着自由追逐嬉戏的鸡鸭鹅的鸣叫，吃着树上的果子，看着李老先生气定神闲地运腕走笔，真是无比的惬意享受。这样田园之乐的美好画面至今难忘，想起便让人心旷神怡，无限留恋。

李永康老先生喜欢看报，我就把自己在四川师范大学国学工作室编的《国学蒙正》报给老先生看。老先生像是如获至宝，每一期都认认真真细细读过，对很多内容都可以熟读成诵。老先生特别称赞《国学蒙正》上刊登的我写的骈文《四川山水赋》，真是赞不绝口，专门填了一首《浪淘沙》词以褒赞，词曰：“华夏文明几千年，星光灿烂。相如子云词赋美，李杜诗文圣与仙，万古流传。四川山水赋，今日华诞。而立大儒挥巨毫，钟灵毓秀孕蜀川，李里笔砚。”不仅填词，老先生还将《四川山水赋》计算出字数，全文用楷书工整厚重写成六幅条屏赠我，并在落款处写道：“先生之赋，气势恢宏，文笔隽永。余钦而书之于屏，以为敬也。”送我以后，老先生又如法炮制，写了五六套，一套自己保留，其他几套分赠喜好者。

至今老先生书赠我的《四川山水赋》六条屏，仍悬挂在我办的公益国学堂传薪书院的后客堂里，凡来参观者无不赞叹老先生书法的工丽秀雅。而书院正堂上中堂我最喜欢的清末古文大师、翻译大师林琴南老人的对联：“遂心唯有看山好，涉世方知寡过难”也是李永康老先生所写，那是我认识李老先生不久，请李老先生题书的。这副对联写得端庄肃穆、清秀古雅。我请李老先生给我写字，李老先生也请我写对联。

有一次李老先生特意步行从天福镇到青堤顶顶庙来找我，他告诉我狮山寺又新修了殿堂，还需要很多对联，希望我能够编写一些。我说李老先生写的对联就很好呀，何必画蛇添足。李老先生拿了几副自己新撰的对联给我看：“吾神多银库金山，但不与懒惰者钱财坐享；天公重德高善厚，当奖掖勤劳人致富发家。”“钱似双刃剑，有益也有害，劝世人莫行险道；人怀两样心，从恶或从善，愿诸君咸归正途。”“泪酸血咸，悔不该手辣口甜，只道人间无苦海；金黄银白，但见了眼红心黑，哪知头上有青天。”

我对李老先生倡善戒恶、充满乡贤意趣的对联大加称赞，李老先生笑说：“我有几斤几两我有自知之明，都是滥竽充数，退一万步纵然还拿得出手，也不能让狮山寺成了一言堂，对联和字都让我一个人包完。我这几副不过是抛砖引玉。”

在李老先生的一再鼓动下，我只好应允。我想我一个后生小子，题那么多对联很不合适，就将我认得的许多厚德饱学老先生适合狮山寺的对联选录了一些给李老先生，所以现在狮山寺上便有李永康老先生书写的百岁大儒刘克生先生、杜道生先生、九旬诗僧洪禅法师的对联。我仅写了两副，一副：“狮子山闻狮子吼，天福镇绕天福音”，因将狮子山和天福镇都嵌进去了，李老先生和狮山寺都极为喜欢，将其用方桌大的黄字书写在大山门上，一到狮山寺便看得到，让我很是惭愧。书写这些对联，我再三叮嘱李老先生一定要落上自己的名字，不然再有像我这样的寻访者，真是辨识困难。淡泊名利的李老先生经不住我一再要求，终于在匾额上落下了难得的“八十四岁李永康”几个字。

在青堤顶顶庙写书的隐居生活浪漫而诗意，然而美好的时光总是转瞬即逝。临别时，我去向李永康老先生辞行，老先生又写了一首情谊深长的《送别李里君》赠我，诗云：“风流倜傥着长襟，才高德勋人崇敬。有幸识荆又相别，不知何日再逢君。”老先生的褒誉我惭愧难当，老先生的深情我却珍藏在心，时时盼望与老先生有重逢之日。因为有盼望，重逢便不再遥远。

离开青堤顶顶庙后，我和老先生的交往仍在继续。回到成都的第二年，在我创办公益国学堂传薪书院开院之前，我专程将老先生从天福镇接来，请老先生给书院写了几天的匾额。时至今日，走进传薪书院到处都能看到李永康老先生题写的：“敦化育贤”“来沐熏风”“乐在其中”“中和位育”“不易斋”“放下馆”“听梅轩”“书楼”“寿域”“王谢人家”“入得解脱，出享自在”“天中明月湖中水，地上梅花楼上书”等众多匾联。这些字迹温润厚重、一派儒家气象的匾额构成了传薪书院的重要精神元素。

李永康老先生不仅参加了传薪书院盛大的开院典礼，还参加了传薪书院国学讲习班第一届、第二届的开学典礼，传薪书院举办的国学大师杜道生先生的百岁庆典和我的结婚典礼，并给书院学生作书法讲座。

在杜老的百岁庆典上，全国各地的名流嘉宾云集，众多名家发言。我也邀请李永康老先生讲话。八十七岁的李老先生从容走上主席台，不卑不亢、朴实大气、幽默风趣，赢得了众人的称赞。家母还非常感叹地对我说：“简直没想到李老先生自称僻居乡野的老农，却这样的底气十足。在众多名人中，丝毫不显怯弱，反而时时流露出读书人的风骨气度，真是让人肃然起敬。”

李老先生为书院四面八方来的各界学生作书法讲座。大家都不知道书法怎么讲，李老先生却出人意料地用我编印的《国学蒙正》报上刊载的百岁杜道生老人写的五首讲书法的诗作为教材，通过阐发这五首诗的深刻内涵，讲出了书法艺术的精神、气韵、结构、章法、用笔，赢得了所有学员的高度称赞。

我的《蒙书讲义》出版，请李永康老先生写序。李老先生非常认真地写了几千字的长文，结尾深情地写道：“李里君是一位学识渊博、涉猎百家、治学严谨的青年学者。二十八岁时就写了一篇气势恢宏、文笔隽永的《四川山水赋》，充分显示出其非凡的才华。不仅如此，他在国画、中医等领域都有颇深的造诣，是一位当之无愧的奇才俊彦。他立志振兴国学，但绝非孤军奋战。他倡导成立的‘国学工作室’就吸引了众多有识之士参与，集众人之力，共同推动国学的发展和振兴。当今党中央明确提出‘权为民所用，情为民所系，利为民所谋’、‘以人为本，构建和谐社会，构建和谐世界’等一系列主张，这些主张正好与伟大的国学精神相符合，这也给振兴国学创造了良好的机遇和广阔的空间。我祝愿李里君及同仁共同努力，实现振兴国学的宏伟志愿，让国学走出国门，走向世界。”

李永康老先生八十八岁以后由于眼底黄斑，视力严重受损，行动不便，就不能再来传薪书院了。但只要我有空，也会到天福镇去看望李老先生，有时是自己去，有时和家人去，有时带学生去。每次去李老先生都异常高兴。特别是我的家人，李老先生一家完全当作自己的亲人一样。我的外婆、姨婆、姨公、两个舅公、我的父亲母亲、妻子儿女皆不止一次去过，也非常喜欢李永康老先生一家，和李永康老先生农家小院的田园风光。李老先生和他的女儿但凡见到我，也会将我们全家人每个问一遍。李老先生九十大寿，我和九十二岁的外婆、母亲、妻子、两岁的儿子、几个学生专程前往祝寿。我给李老先生写了一副寿联："九秩升登翰墨颐养，百龄在望儿孙奉承。"李老先生很是喜欢，一直挂在堂屋上。

去年在我传薪书院学习的七八个小学生，因为一些特殊的变故也隐居到涪江江岸的青堤顶顶庙读书。他们无比欣喜地领略了青堤古渡的水光山色，享受了顶顶庙的宁静祥和，瞻仰了狮山寺的匾额对联。最幸福的便是在我的带领下拜谒了九十三岁的李永康老先生，并请李老先生教他们学习书法。这时的李老先生因家里盖新房忙碌，大病过两场，身体比起先前弱了许多，颇有些颤颤巍巍、老态龙钟。

李老先生见到我们激动不已，答应一定教小学生们写字，还给小学生们讲述了自己学习书法的经历，勉励小学生们努力学习，将来为祖国、为传统文化的复兴做贡献。最后，大家约好每周去写两个半天的字。小学生们大喜过望，不管烈日当头，还是风雨交加，都从青堤顶顶庙步行五六里地到天福乡下李永康老先生家学写字。每次去，九十三岁颤颤巍巍的李老先生都一个学生一个学生握着手教他们临帖写字，写完以后又给他们指出横竖撇捺的不同写法。小学生们感动不已，进步很快，一写便写了大半年。临别之时，他们都非常不舍，有的学生竟流下泪来，还盼望什么时候能再去跟李老先生学写字。

告别青堤顶顶庙宁静、诗意的隐居生活已经十年了。这十年，我不仅仍然在继续着前数年四处讲学教书的忙碌，更增添了开设管理公益书院的繁杂事务，还有结婚后妻子儿女的琐碎，应对各色红尘中人的复杂。经常是天不亮就开始辛苦地工作，直到半夜三更，而且是数年如一日。虽可以学着心不为外物所动的豁达，然而身体的劳累和疲惫却还是要时常显现的。这样的时候就越发地怀念隐居青堤顶顶庙的时光，怀念坐在李永康老先生的农家小院里，闻着花木果树的清香、听着鸡鸭鹅的嬉戏、吃着从树上摘下的新鲜果子、看着李老先生气定神闲地运腕走笔的时光。而今天九十四岁的李永康老先生身上乡贤的低到泥土里的朴实、一生固守的淡泊、泛览群书的广博、不卑不亢的自然、敦厚古雅的书法、浑然天成的词章，更成为我生命中恒久的崇敬与眷念。崇敬与眷念的同时，最深深祈盼的是李永康老先生能健健康康、快快乐乐活到一百岁，让乡贤之光长久照耀。

二零一九年仲夏风雨黄昏
李里于传薪书院望南楼上初稿
二零二零年满城风雨进重阳之际
李里于千年红豆树下

这篇文章完成以后的一两年间，我又到蓬溪乡中看望过李永康老先生几回，但老先生的体力越来越弱，记忆也渐差，有时竟认不得来看望他的人。某次夜里更因起来上厕所，竟将腿骨摔断，住进医院。我非常担心，不断打电话问询。但因为老先生的女儿李笑梅夫妇无微不至的照料，老先生竟然康复出院。不过出院以后，老先生便坐起了轮椅。到去年春节我最后一次去看望他时，老先生已完全不认得人了。但我的心中还是时时求祷圣人保佑老先生能活到一百岁。去年年底新冠流行，很多老人都相继感染，我想起颤颤巍巍的李老先生，真是百般担心，很想去探望，又怕给老先生带来风险。几次电话问候，老先生的女儿都说他们把老父亲保护得很好，老先生没有感染，这样我才勉强放心。

这样的悬心，大概持续了一个多月。今年元旦，忽然接到李永康先生女儿的电话，悲痛地说老父亲最终还是染上了新冠，不幸辞世，并嘱我给老先生写篇墓志铭。疫情的压抑与心中的悲伤一时化成泪水夺眶而出，无限惋惜之情充满心间，我心想要不是这可恶的瘟疫，李老先生一定能够活到一百岁。我为老先生写了一副挽联：“百岁原可期岂料疫瘟伤性命，九泉自含笑早留诗墨寄风神”。传薪学子们得知噩耗，也纷纷作诗联表示哀悼。

十余日后，我为老先生撰写了墓志铭：“李永康先生，蓬溪天福之乡贤。寿九十有六，以道德学问名乡里，尤擅书法，远近寺庙多悬其所书匾联。书法颜字，敦厚古拙，方正温润，当世所稀，见者以为法书。先生诞积善之家，父寿八十有八，母寿百又二载。父尤重习字，恒陪童稚之先生于诸庙中临其匾额，父为端墨，先生坐地中摹写。先生每叹其于书法略有所得，咸父亲督导之功。民国十四年生，少入私塾，博览群书。开国即于小学执教，因天性闲散淡泊，未几辞职，遂耕读乡野以终其身。务农之余，吹拉弹唱，习字读书，咏诗填词，怡然自得，恬淡似陶潜之风。有诗集《村翁随笔》。妻舅母姊之女，恩爱白头，未尝相忤，惜其早逝，先生痛以诸诗悼之。儿孙皆孝，承欢膝下，二女笑梅夫妇尤孝之极，经年奉侍，无微不至，先生寿高如此尽赖其力。适望期颐，忽染新冠，二三日而逝。尊亲先生者无不悲恸惋惜之至。先生虽去，其德寿将随其法书永留人间。铭曰：蔼蔼长者，乡中遗贤。性甘淡泊，耕读乐天。情衷翰墨，字正心闲。如古人帖，似法书篇。父母积善，儿孙孝全。二女侍奉，体贴延年。期颐寿近，德誉永绵。共和国七十三年岁暮腊月二十五，先生辞世之十四日后学李里沐手敬撰。”

李永康先生的女儿得到墓志铭，非常喜欢，称赞不已，说老父亲在天之灵有知，一定可以含笑九泉了。不久这篇墓志铭便刻在了李老先生的坟前。李老先生生前与我以书法文字相交，他去世后，我也以文字永久地陪伴在他身边，我想李老先生也应该是欣悦的吧？

二零二三年满城风雨进中秋时节

李里于千年红豆树下

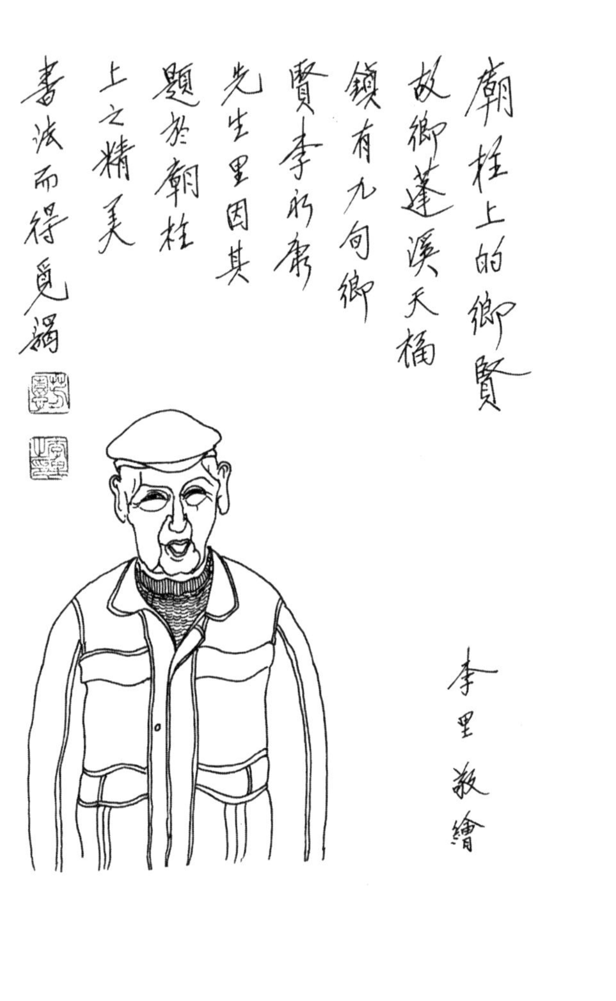

庙柱上的乡贤。故乡蓬溪天福镇有九旬乡贤李永康先生，里因其题于庙柱上之精美书法而得觅谒。

万里薪传

——怀念百岁女国学家叶曼老人

有一位满身散发着民国气息的百岁女性，在学界、文化界、佛教界大名鼎鼎，我竟非常有幸地拜谒并亲近过她，她就是享寿一百零三岁的女国学家叶曼老人。

叶曼老人的大名，是我受邀去中医第二届扶阳论坛讲学时认识的一位河南女针灸医师告知的。这位老医师见识高明，在针灸上秘有传承，对我颇为赏识，与我为忘年之交。但她信奉道教，行踪隐秘，独来独往，一般不与我联系，偶尔会意想不到地从远方来个神秘的电话。凡她来电话时，必定是有重要的必须的事情需对我讲。其中一次，她非常郑重地对我说："现在国内有一位真正的女国学大师，年近百岁，精通儒、释、道三家，叫叶曼，住在京城，你一定要去拜见她。"

因老医师的郑重嘱咐，我自然把拜见叶曼老人当成一件大事。拜访之前，我对老人作了一些了解，才知道叶曼老人果然非同凡响，真是一位充满了传奇色彩的世纪女性。叶曼老人是民国时期国立北京大学的高才生，是新文化大师胡适先生的爱徒。一生随任外交官的丈夫走遍世界各地，中年旅居美国，向海外华人宣讲中华传统文化，曾任台湾辅仁大学哲学系教授。她被台湾著名作家三毛、林清玄，著名演员胡因梦尊为精神导师。得佛学大师南怀瑾先生点化而参悟佛法，曾当选世界佛教友谊会副会长，与中国佛教协会前会长赵朴初先生是挚友。二十世纪八十年代末，她将在国外募得的三十余万美元善款捐给祖国，重建了在抗战中被日军炸毁的北京云居寺，在云南、贵州地区兴建了十三所希望小学，得到北京副市长何鲁丽、十世班禅大师、赵朴初会长的高度赞扬。九十岁后，她回到祖国，在北京成立文贤书院，宣讲儒释道经典；九十二岁受邀北京大学世纪大讲堂作"中国一定强"讲座；九十三岁受邀北京奥运大讲坛作"中国文化的永恒魅力"讲座，皆深受称赞……

有了拜见叶曼老人的强烈愿望，便生起了拜见叶曼老人的因缘。当时山东卫视的"名家论坛"正邀请我录制讲授"诸子百家"的系列节目，叶曼老人也在受邀之列，将为名家论坛开讲《管子》。"名家论坛"的总编认为我们都是讲国学的，我这个后辈当然应该拜访叶曼老人这位前辈，便主动给我牵线，领我到北京拜访叶曼老人。机会难得，能见到世间稀有的智慧饱学的女性长者，家母也踊跃同往。

叶曼老人的家在北京一个小区的楼上，屋里非常雅致，全是中式雕花家具。客厅分成两段，靠近阳台的外半段是一圈黄花梨木太师椅和一排明式风格的楠木书架，书架上摆满了各种国学典籍。太师椅背后的墙上挂着一个精致的长条形镜框，镜框里是前佛教协会会长、著名大学者、大书法家赵朴初老先生用毛笔在宣纸上写给叶曼老人的一封信。这封信充分地体现了叶曼老人和赵朴初老先生的深厚友谊。进门内半段的中间摆了一张红木大圆桌，靠墙则是一个玲珑小巧的佛龛。我们进门的时候，客厅里还坐着几拨客人，叶曼老人就坐在内半段的圆桌前会客，等候的客人就坐在外半段的太师椅上。我们也坐到太师椅上等待，等候的时机正好可以细细地瞻仰叶曼老人。

时节是初夏，叶曼老人穿着件蓝底白碎花真丝旗袍，旗袍外套了一件薄薄的由细羊绒手工编织而成的镂空披衫。叶曼老人的脸长长的，略有点方，额头高而宽，还有些发亮，正是命相家说的天庭饱满之相。头发黑黑的，全部向后梳得服帖整齐，一对耳朵长而大，耳垂圆圆的，耳垂上戴着一对圆形镶细碎花金边绿翡翠耳钉，眉毛细长，淡淡用眉笔画过，一副椭圆绛红金丝眼镜，嘴唇是略施胭脂的曙红，脸上的皮肤光滑细润，除了嘴角边两条法令纹比较明显外，基本上看不到皱纹。两颊笑起来还有浅浅的酒窝。一双手腕，一只戴了一块秀气的银色手表，另一只戴了一个绿翡翠玉镯。一串黑粗檀香木手珠，一串细红玛瑙手珠。右手的中指上戴了一只镶银边绿宝石戒指。整个人看上去高贵、典雅、精致，书卷气，透着浓浓的民国情韵，如果不是两只瘦瘦的手背上深深的皱纹， 根本看不出是一位九十五岁的老人。

几拨客人见过之后，“名家论坛”的总编给叶曼老人介绍了我们母子， 叶曼老人非常礼貌地邀请我们坐到圆桌边，态度温婉而平和，说话的声音缓慢而优雅，每句话都像从口中一个字一个字流淌出来。

她细细看了一下我，微笑着缓缓地说：“年纪轻轻就在名家论坛讲学，一定有真才实学。”我正在谦虚之际，叶曼老人又说：“我当年进北大，全仗胡先生。我考北大的数学成绩不够，但胡适先生看我文章写得好，说这个学生一定要录取，这样我才被破格录取进了北大。”

我问叶曼老人写的是什么文章，老人说：“当年北大文章的考题是‘记一件最悲哀的事’，那时我父亲刚刚去世，我悲痛难禁，就流着泪写了这件事，胡适先生看了我的文章也被惹得流下泪，这是我的罪过。”这样我又问起叶曼老人的父亲，老人说她的父亲叫刘君曼，早年从政，后来因反对袁世凯称帝而辞官，到山东做盐生意。和民国大学者、大出版家、商务印书馆总经理王云五是结拜弟兄。

我因为早年在重庆罗汉寺藏经楼整理经书古籍，看到王云五先生编辑的装满了几乎一楼的《万有文库》，便对王云五先生产生了浓厚的兴趣，也就作了些了解。当老人说到王云五先生时，我颇有些欣喜，也谈了一点王云五先生的逸事，叶曼老人很高兴，说：“你很博学，现在的人大多不知道王云五了，你竟了解得这么详细。”

到此老人的谈兴越来越浓，老人指着“名家论坛”的总编笑说：“他们要我讲学，我决定讲《管子》，世上研究《管子》的太少，其实《管子》八十六篇内容丰富，各家各派的思想都有，是春秋战国各国学者到齐国稷下学宫讲学的讲稿汇编，因为齐国管子名气最大，就取名叫《管子》，其中很多道理都对今人经商、管理、齐家、治国、平天下大有裨益。”接着老人又讲道:“中华文化一定会全面复兴，因为中华文化是人类全面和谐、宇宙全面和谐的文化，只有和谐才能永久。”

她从中年以后就一直在为中华文化的弘扬而努力，她九十多岁回到祖国，回到北京建立文贤书院，仍然是做这个事。她现在每周都定时给大家讲古文化，讲儒、释、道。我问老人为什么书院取名为文贤，老人回答说：“文指文殊菩萨，贤指普贤菩萨，文殊菩萨代表智慧，普贤菩萨代表力行，我们中华文化讲究知行合一，智慧和力行不可分，所以取名文贤书院。”

我也给老人汇报，我准备在成都办一所传薪书院，老人说:“传薪出自《庄子》，也是好名，就应该让中华文化薪火相传，等你以后办好了，我来讲学。”老人这样说，我非常感动，也受到莫大鼓舞。侍者提醒叶曼老人喝口水，休息片刻的空闲，家母就感叹地称赞叶曼老人头发一根也没有白，精力充沛、思路清晰，一天接待那么多客人，一点不像九十多岁的老人。叶曼老人自嘲地笑说：“你不要看我这个样子，头发早白完了，现在全是染过的。”谈笑之间求见的客人又已经把客厅的太师椅坐满。

不好再耽搁叶曼老人太久，因为先前知道叶曼老人精通佛学，我就把特意准备的自己的拙著《竺霞法师传》和自己编印的洪禅老法师的诗文集《鸿爪集》送给叶曼老人。叶曼老人拿到两本书，便恭恭敬敬地用两手举到头顶顶礼，慢慢地说：“这都是高僧大德，我要好好恭敬学习。”

说罢又请她的侍者拿来两本她的著作《世间情》赠送给我和家母，并工工整整在两本书的扉页分别题了：“黄旬女士雅正”“李里先生赐正，叶曼于二零零九年七月”两行字，又微笑着说：“礼尚往来，有来无往非礼也。这是我中年在台湾主编《妇女杂志》开办叶曼信箱时，回答世间众多痴男怨女苦恼的信件汇编，登不得大雅之堂，聊作回赠之礼，见笑见笑。”九十五岁的叶曼老人题字称我为“先生”，还用“赐正”，更说她的书登不得大雅之堂，真是大德谦谦，虚怀若谷。其实这本书是以世间人听得懂的浅显语言讲述深邃的人生哲学、爱情哲学、婚姻哲学，在台湾风靡了四十年，老人因此也被称为普度众生的当今第一女居士。捧着老人送我们的封面上印着“今生在世间即有情，无情不会生于世”的大作，我和家母非常感激，恋恋不舍地辞别了还要会客的叶曼老人。

从叶曼老人家出来后的几年间，叶曼老人高贵、典雅、精致、书卷气的容颜，浓浓的民国女性风韵，温婉平和的仪态，优雅缓慢的语调，礼貌周到的接待，为弘扬中华文化“老骥伏枥，志在千里”的强烈使命感，便一直深深地印刻在我的脑海中。

而这几年，我真的办起了曾给叶曼老人说过的想办的公益国学堂传薪书院，也正因为书院的草创，诸事繁多，一直没有抽开身去探望叶曼老人。做梦也没有想到的是拜谒叶曼老人四年后的初冬，叶曼老人的侍者竟给家母来了一个电话说，九十九岁的叶曼老人在网上得知我已经办起了传薪书院，要实现她的诺言，要来传薪书院讲学。还要来拜访我的恩师、她的北大同学一百零一岁的杜道生老先生。家母和我得知这个消息，真是喜出望外，兴奋之余更感动叶曼老人还记得只见了一次面远在西蜀的我们，还记得答应过我若建成书院一定来讲学。

那时叶曼老人的承诺，我只认为是老人的客气之辞、鼓励之语，根本没有奢望九十多岁的老人还能万里迢迢来成都讲学。没想到九十九岁的叶曼老人还记得对一个素昧平生的年轻后学的随口承诺，且真的要践行诺言来我的传薪书院了。

叶曼老人的将要到来，震动了传薪书院的全体师生。大家作了精心的安排和准备。我因为早先已定的讲学，没能赶去机场亲自迎接叶曼老人，而是由内子开车和家母前去接机。晚上，我请我的领导也是我的恩师四川师范大学美术学院院长、著名美术史论家林木先生和成都佛教界居士领袖邹智敏先生作陪，在一家素餐厅给叶曼老人接风洗尘。

我下课赶到时，叶曼老人已经到了。我看到九十九岁的叶曼老人比四年前瘦了许多，脸上已不像上次看到那样饱满丰润，而是添了许多深深浅浅的皱纹，且露出了明显迟缓的老态。她坐在轮椅上，耳朵也有些背了，和她说话要对着她的耳朵用颇大的声音。这时，我的心中涌起了阵阵的酸楚和无限的感激。老人为弘扬祖国传统文化不辞辛劳，四处讲学，身体消耗得太多，九十九岁高龄还风尘仆仆、数千里奔波，这是怎样的高尚人格与强烈的文化使命感呀！叶曼老人虽瘦了老了，但民国女性的高贵、典雅、精致、书卷气却丝毫未减。老人戴着一顶黑羊绒嵌黑真丝玫瑰花带的礼帽，颈上围了一条紫色碎花真丝围巾，身上穿着一件云花缎面中式对襟棉袄，棉袄上套了一件黑色暗花缎面皮袄背心。眉毛与嘴唇仍是淡淡地画过，手上依然戴着两个绿翡翠手镯和一串檀香木手珠。

老人见了我们母子像是故人重逢，格外亲切，嘘寒问暖。她特别感谢内子开车去接她，用她优雅而缓慢的声音，像一个字一个字流出来似的，一口一个少奶奶地叫着，慢悠悠地说："少奶奶生得真水灵，真能干。"又指着家母对她说："少奶奶要接老太太的班，做你夫君的贤内助哦。"接着又笑夸家母说："你这个老太太也太不老了，都不像个老太太。"说话用词，仿佛真像是回到了民国年间。这以后很久，内子都经常模仿着叶曼老人那像一个字一个字流出来的慢悠悠的声音，一口一个少奶奶地说话。

叶曼老人来成都的第二天上午，我们安排好了和恩师杜道生老先生在四川师范大学堂杜老家附近的柳堤餐厅会面。两位大学者、两位世纪老人期颐会面，真是感慨万千。都坐在轮椅上的两位老人紧紧握手。九十九岁的叶曼老人率先说："老学长还记得我这个小学妹吗？"一百零一岁的杜老回答说："记得记得，我是北大三七年毕业的，你是北大三九年毕业的。"叶曼老人激动地说："对对，老学长记得真清楚。"叶曼老人又问："马一浮先生给你讲过《孝经》没有？"杜老回答讲过，便兴致勃勃地背起了《孝经》。话匣打开之后，两位老人便争着回忆起北大共同的老师。叶曼老人说最爱听钱穆先生的课，杜老讲胡适先生上课时，教室的过道上都站满了人。叶曼老人讲闻一多先生的《诗经》讲得太好了，杜老讲沈兼士先生讲的文字学是一品。两位老人一个耳朵不好，一个眼睛不好，却谈兴犹浓，你一言，我一语，不时四目相觑，虽不一定听懂了对方说的什么，但已莫逆于心。到后来两位老人都因听对方的话费力，干脆各说各的北大经历，自鸣天籁，乐在其中，这时的内容已不重要，重要的是他们都沉浸在这种难得的故人相逢的欢悦氛围中。

下午，叶曼老人到早已挤满众人的传薪书院讲学，来听讲的既有传薪学员，也有四川各界的国学爱好者。叶曼老人讲座的题目是“国学漫谈”。开场时，叶曼老人就用她那优雅而缓慢的声音，像一个字一个字流出来般的幽默地说：“每次看到你们山长李里先生，就像看到了胡适先生，两人气质容貌极为相似，连身段都很相似，都是博学而有修养，文质彬彬。我第一次看到他还愣了一下，以为胡适老人返老还童了……”接着，叶曼老人又讲：“说实话，胡适先生的课没有钱穆先生讲得好，但他的仪表英俊、讲课口齿清楚、层次分明，令人倾倒。那时候北大女生私下择偶的标准就是胡适先生那样的。”说着叶曼老人又指着站在旁边帮她写板书的我笑着说：“就像你们穿着长衫、风度翩翩的山长李里先生那样。”说完惹得全堂大笑。叶曼老人接着讲她九岁时因看到羊被杀的痛苦，开始吃素，至今吃了九十年。

她对儒释道耶回五教都有研究，但并不皈依任何一教，中华文化最伟大之处就是兼收并蓄，宽大为怀。中国历史上从未发生过宗教间的战争，也从未因宗教问题引发规模性的战乱。“己所不欲，勿施于人”“和而不同”是放之四海皆准的朴实真理。对大家有利的就是道德，对大家不利的就是不道德，大道至简。以前都讲中学为体，西学为用，现在是反过来了，西学为体，中学为用。因为电脑、手机都成了现代人生活的主体，而中华文化却有解决人类绝症的大用。要想了然世界的真谛，必须读佛家的《楞严经》。

老人不止一遍地强调说：“自从一见楞严后，不读世间糟粕书。”谈到爱情，叶曼老人讲：“那是多么美好的情感呀，如果你真的爱他，就不要在乎他是否爱你，爱有没有结果，爱能持续多久。能够真心实意地爱就很好了，好多人一辈子也没体验过。尽管爱吧，只要不伤害别人。”谈到烦恼，叶曼老人讲：“烦恼只有一个原因就是贪，如果你不奢望过多的金钱、地位、名誉、享乐、爱情、理解、回报，就没有烦恼了。人生如戏，戏如人生，要假戏真做，也要真戏假做。一个好的戏子，一定是全心投入，一场戏下来已是戏中人，早把自己忘掉。我们明知人生是戏，还要认真演戏，这就是以出世的心做入世的事。如此还有什么烦恼可言。”最后，叶曼老人讲：“人生百岁如昙花一现，唯一不变的就是变、变、变。”并以一句诗“我若无心于万物，何妨万物常为扰”结束讲座。

九十九岁的叶曼老人一口气讲了整整三个小时，缓慢而从容，如泉眼出水，涓涓细流，绵绵不绝。中途几次我都请老人休息，叶曼老人却说：“我喜欢一气呵成，一休息把要讲的全都忘了。我生命剩下的时光不多了，我很珍惜。我要把它尽量奉献给大家。”一位将近百岁的老人，这样的思维清晰，睿智深邃，乐观幽默，无私忘我，至诚不息，深深地感动了所有听课的来宾和学员。很多学员多次听得泪流满面，下课后大家都争着和叶曼老人合影，留下这珍贵的一瞬。之后，很多学员还写了感人的散文，满怀深情地记下了叶曼老人的讲学。

第三天，叶曼老人就准备返回北京。一大早，我和家母、内子就赶到宾馆去送叶曼老人。侍者告诉我们，叶曼老人昨天太兴奋，课也讲得太久，人很累，今天就起得晚些。我们到时，叶曼老人还正在房间里梳妆打扮，因为还没来得及化妆，看上去更显得瘦削苍老。侍者是男性，不可能逾越男女之别而无微不至地照顾老人的起居。换衣、穿衣、梳头、描眉、涂口红、戴饰品以至于上卫生间，都是老人一个人非常吃力而缓慢地进行。这时的叶曼老人和平时在人前光彩照人的样子真是判若两人。我的心里一下生起异样的酸楚，更感到年近百岁的叶曼老人不远万里到成都给我们讲学，于她来讲是多么地艰难和不易，感激的泪水涌上了双眼。

叶曼老人看到我们来时她还没有打扮好，很有些不好意思，几次说：“对不起，失礼了；对不起，失礼了。”我们挽留叶曼老人在成都多玩两天，叶曼老人缓缓地说：“成都是人文之盛的好地方，我抗战时来过，最喜欢武侯祠，我真想再游一游，可是我没有时间了，还有好多地方等着我去讲学。”

说完，她又自言自语慢悠悠地吟诵起了杜甫写武侯祠的

《蜀相》诗："丞相祠堂何处寻，锦官城外柏森森。映阶碧草自春色，隔叶黄鹂空好音。三顾频烦天下计，两朝开济老臣心。出师未捷身先死，长使英雄泪满襟。"吟完叶曼老人轻轻地叹了一气，目光深邃地望向远方。

过了一阵，叶曼老人对我说："今日离别，也不知何时才能重逢，我写几句话送给你。"于是老人拿起泡沫笔，在自己随身带的宣纸黄色银花暗纹竖行信笺上写下了佛教唯识宗《八识规矩颂》中的几句话："五识同依净色根，九缘八七好相邻。受熏持种根身器，去后来先作主公。李里先生赐鉴，九十九岁叶曼二零一二年于成都。"写这几句话时，叶曼老人的手已非常颤抖，写的字大的大，小的小，已不像四年前那么整齐漂亮，然而越是这样的字迹，越是体现了老人的深情厚谊。没想到这张字迹大小极不工整的笔墨，便成了叶曼老人和我作的生死告别！

叶曼老人回北京后，我经常打电话给侍者询问老人的各种情况。一年后我想进京去看望老人，侍者却告诉我老人最近身体很不好，不能会客。两年后我又想去看望老人，侍者告诉我老人被美国的弟子信众接到美国去讲学了。以后我多次询问老人回来没有，侍者都回答我快回来了。当我还一直等待着老人回北京再去看望她，一天突然听到内子非常悲伤地告诉我说："网上铺天盖地的消息，叶曼老人已于美国洛杉矶逝世，享年一百零三岁。"再次打通侍者的电话，侍者告诉我叶曼老人一直很想回国，可惜年事太高，身体虚弱，已受不了旅途的长途颠簸，终究没能如愿。美国和国内的许多寺院都给叶曼老人举行了隆重的追思法会。

与叶曼老人虽只亲近了两回，但百岁的叶曼老人却在我的记忆里染上了浓浓的色彩。叶曼老人从内到外所透露出的高贵、精致、典雅、书香的风韵，叶曼老人为弘扬中华传统文化的历史使命感，为宣扬国学万里奔波无私忘我的一片赤诚，叶曼老人融通儒释道的博学、睿智、豁达、幽默，对我这个素昧平生的后学的深情厚爱，以及叶曼老人优雅缓慢、像一个字一个字流出来的语调，都永远地、深深地印在了我的脑海里，并成为我生命中最珍贵的宝藏。

二零一九年夏大暑李里于传薪书院望南楼上

万里薪传。百岁女国学家叶曼先生，尝于九十又九之年，至传薪书院讲学三小时。里与家母作陪。写以纪之。

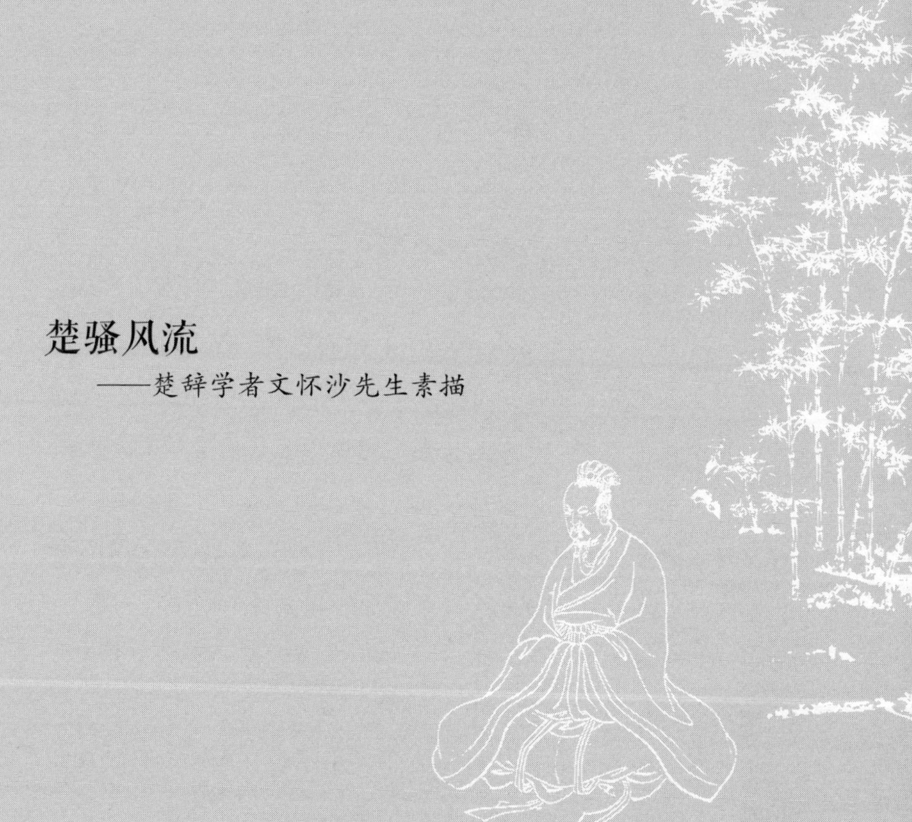

楚骚风流

——楚辞学者文怀沙先生素描

在当代学林中，文怀沙先生是既大名鼎鼎又颇受争议的。大名鼎鼎是因文先生的年高学博、潇洒风神，颇受争议是因文先生的正邪两赋、不中规矩。

知道文怀沙先生是十九年前在《世纪学人·百年影像》书里。书中有文先生的照片，年近九旬的老人，特立独行的一袭汉服长袍、几缕白须，气宇潇洒风流，与众多着灰布中山服朴实的老先生迥然不同，霎时印入脑际，经久不忘。照片旁毛笔题辞：“画虎何尝真类犬，空头其实假斯文”。落款：

“戊寅新正在望，撰联自况，亦复自嘲。以斯文之文对类犬之犬，真神来之笔。并时诸贤，或有知我老来情怀者乎。明朝履虎年，利在利爪搏击。丁丑除夕燕堂文怀沙。”

题辞亦如先生形容之潇洒，字却温润典雅，但颇不好认，这段文字我也是到写这篇文章时才辨认清楚。曾在世间很多地方都看到文先生的题字，俱是难以辨识。仿佛听闻文先生是以旁人认不出他的字为乐的。文先生照片旁的介绍是：文学史家、楚辞学家，一九一零年生于北京，历任国立女师、上海剧专、北京师范大学、中央美术学院、中央音乐学院等教授。著有《鲁迅旧诗新诠》《屈原辞赋今绎》《屈原集》《中华的根与本》。当世学界中还有文怀沙先生这么一位风流倜傥的老楚辞学家，其印象我便深刻地留在心中。

几年后，我已在四川师范大学美术学院任教，突然接到院长林木先生的任务，告知一批全国著名的画家、学者、演员在成都参加完四川文联举办的书法楹联展览及研讨会，要到我们学院讲学。其中就有著名大学者文怀沙先生，北京大学著名书法博士生导师王岳川先生等，命我马上作两副长联以表欢迎。我连夜撰联，一副是：“画魁献技，影帝登台，艺林八音并奏；新贤谈文，硕儒论道，学界四世同堂。”另一副是：“艺亦载道，英贤荟萃宣妙谛；文能化成，后学沉潜仰高山。”第二天，学院便将我的对联印在长长的大红绸上，挂在学院最显眼的两栋楼前，红底白字的对联挂了三层楼高。九十余岁的文怀沙先生要来讲座，我自是欣喜异常，并给林院长建议不如把文学院九十开外的国学大师杜道生先生也请来，林院长欣然同意。

学院的青年学生们听说此事，更是群情激动，演讲前早把学院可容纳几百人的大讲堂围得水泄不通。我专门负责接送、陪同、照顾杜道生先生诸事宜。演讲开始，诸位名家陆续登台，掌声雷鸣，经久不息。主席台上名家们坐了一排，文怀沙先生与杜道生先生最年长，为进出方便，各坐主席台两端。文先生穿的是银灰色花格子西装，戴了一条显眼的红丝绸领带，一副金丝眼镜；头发向后梳得整齐光亮；一把花白胡子，也梳得一丝不苟，讲究而时髦。杜先生一身蓝布中山服，一副黑框老式圆眼镜，头发短短地向上立着，几缕白胡子蓬乱地垂着，拄着拐杖，古拙而老诚。

文先生年高远来，自然被请第一个演讲。他谈到中国文化从来都是礼赞年轻美丽的少女的，这源头可远溯至三闾大夫屈原，屈原辞赋的精魂就四个字："香草美人。"香草比喻高洁，美人比喻理想，香草美人是中国文化永恒的追求。一篇《离骚》的精华浓缩就在苏东坡的《赤壁赋·赤壁歌》："桂棹兮兰桨，击空明兮溯流光。渺渺兮予怀，望美人兮天一方。"讲着讲着，文先生就用优美的古音将《赤壁歌》吟诵起来，声调抑扬顿挫，苍凉而悠远。吟完后，余音良久回荡在讲堂之中，学员们听得鸦雀无声。因为演讲的嘉宾多，一个嘉宾只允许讲十分钟，文先生意犹未尽地讲："十分钟只能开始，恕我不能和大家更多地分享《楚辞》。"最后，他用无比深情的口吻吟起《九歌·礼魂》中的"春兰兮秋菊，长无绝兮终古"，并以此作结。

文先生这样年高有名的大学者万里远来，只听了他十分钟的演讲，我觉得意犹未尽，悄悄给林院长建议，一定要安排一些答疑时间，好教文先生再能吐出些珠玉，林院长立马采纳。待其他诸先生都讲完后，林先生亲自主持，说应同学们之恳求，再请文先生讲话。

其他先生讲时，文先生一直闭目而坐，不知是在静听还是在养神。但听到又请他发言，文先生瞬间睁开双眼，精神抖擞，接过话筒，侃侃而谈。

这回文先生则纵横捭阖、洋洋洒洒地大谈中国文化，从秦始皇焚书坑儒文化专制的罪恶，谈到乾隆皇帝编《四库全书》；谈他用“正清和”三个字来概括儒释道三家的精神，儒家是正，道家是清，佛家是和；谈他身上随时带着许多小本子，摘抄了大量古典文献的章句，并当场取出小本子读了一些摘抄内容和许多古籍的字句；谈他这些年一直在编一部中华文化的《传世丛书》，容量远远超过《四库全书》。文先生所谈甚多，还有一些时日久远，已记不太清了。但文先生演讲风趣幽默、挥洒自如，时不时迎来阵阵掌声的场景还记忆犹新。听文先生的讲座，感到文先生是博学的，深情的，浪漫的。

那天讲座的嘉宾除了文老与杜老是研究国学的老先生之外，其余都是搞艺术的中青年学者。对于喜好国学的人而言，文杜二老的讲座则格外受到关注。这样一来，杜老的讲座便成了文老鲜明的对立面。文老是不拿讲稿，海阔天空，谈笑风生，挥洒自如地放言高论；杜老却在讲座之先，恭恭敬敬将几天前用毛笔小楷，以干枯古拙字迹工工整整书写的一页讲义的百余份复印件，分赠给在场的众多来宾师生。然后一只手拿起讲义，另一只手指着讲义一个字一个字地照着念，边念边讲，每讲一个问题，必加引证，所引证的材料必指出出自某版本的某书某页某行。讲义的题目叫《中庸识小》。杜老一开场就引《论语》第十九《子张》篇第二十二章中子贡的话：“文武之道未坠于地，在人。贤者识其大者，不贤者识其小者。”接着说：“贤者识其大，我不是贤者，只能识其小。”

讲义内容是儒家经典里最主要的几部典籍中关于中、中和、中庸的经典阐述的辑录。杜老以此辑录来阐发中华民族之所以叫中华的由来。整个讲座在规定的十分钟内准时讲完。在答疑阶段，杜老讲他的先师胡适之先生是新文化运动的领袖，但给他们上课时却讲中国现代汉语的常用词汇，百分之五六十都出自四书五经。随即就引了《论语》第十四《宪问》篇中第八章孔子说的话：“为命，裨谌草创之，世叔讨论之，行人子羽修饰之，东里子产润色之。”杜老加重语气笃实地讲：“大家看，草创、讨论、修饰、润色这四个词是不是现在的常用词啊？它们却是出自《论语》。所以五经四书任何时候都不过时，要好好读。”杜老的讲座严谨老实，谨小慎微，言必有据。如果用孔夫子的话来说，文老的讲座风格是狂，杜老的讲座风格是狷。

会后学院招待嘉宾们用晚餐，嘉宾多，学院分了几个接待组。文老、杜老都是九旬长者，专门分在一个嘉宾组，由林院长和我陪同。

文老颇能饮酒，酒酣之时问到林院长，我们学院门口的两副欢迎长联是谁作的，作得相当有水平，甚至比他们参加楹联展览看到的那些对联都要工整有味得多。刚到学院，他们嘉宾们就在议论，这个美术学院还能作出这样的对子，足见这个学院很有文化底蕴。林院长趁此就把我好好介绍了一番。文先生颇为嘉许地说：“后生可畏。”我问文先生是不是爱穿汉服，文先生颇惊喜地问我怎么知道，我则说出《世纪学人》中对文先生的形容，文先生听后很是自得，随即谈起《世纪学人》的编者当年去采访他和给他拍照的情形。

言谈间，林院长因要去给其他嘉宾敬酒，我们这里林院长则让我招呼。我即给文老介绍杜老，渐渐让他们交谈起来。两位老人所谈大都是民国京城旧事。杜老二十世纪三十年代正在北京大学读书，而文老本就生在京城。杜老北大的许多名师亦是文老的师长。如杜老讲到让他一生走上文字学研究的导师、著名文字学家沈兼士先生，文老则说沈家和他们是世交，沈氏三兄弟都和他是故人。交谈之中，杜老仍是谨小慎微，言必有据，忠厚笃实；文老恣情任性，信马由缰，潇洒风流。文老对于杜老的老实巴交是颇有些隐约的讥嘲。杜老感觉到了，就说他在北大读书时，教授清史的孟森老先生，是近代清史研究最杰出的学者。但孟先生是江苏人，说一口江苏话。孟先生讲课怕全国来的学生听不懂他的口音，从来都是将讲课的内容写成工整的讲义，散发给学生，然后就照着讲义一个字一个字念。后来孟森先生的讲义都成了经典的学术著作。文老则笑着说：“那你老师的讲座是学有本源了，可惜我没有听过孟森先生的讲学。”聚餐后，杜老和文老，我和文老都留了合影。

我与文老就这一面之缘，之后则频频在电视媒体上看到穿着汉服、戴着墨镜的文老亮相，多是在各种文化活动中，经常与于丹、易中天、钱文忠等红极一时的文化学者同台，也有不少文老的专门访谈节目。

另外，还有许多报刊杂志介绍文老，内容皆是称赞文老是当代稀有的百岁国学大师，新中国研究楚辞第一人，在国学上有著名的“正清和”理论，在书法、养生上亦有成就。长年住宾馆，以宾馆为家，理论是李白《春夜宴桃李园序》中所言：“天地者万物之逆旅，光阴者百代之过客。”人生本就是一趟旅行，在哪里住都是客栈，又何必苦苦经营屋舍，不如住旅馆。在文老俨然将成为当代名声大噪的国学泰斗时，《人民日报》资深记者李辉先生发表了一篇材料翔实、持论公允、深具说服力、震惊文坛的大文章，揭露文怀沙先生年龄的虚假、学问的浮夸和人品的可疑。文中通过详细的考证，指出文怀沙先生自报出生于宣统二年（一九一零年）的年龄比真实年龄民国九年（一九二一年）相差了十一岁，由此推算文先生到当时的年龄还不到九十岁，根本不是什么百岁老人。在学术上，文先生没有一本专著，所译的诗歌错误频出，所鼓吹编辑的《传世丛书》更是子虚乌有，未见一册，什么新中国楚辞第一人尤是虚谈。在人品上，则指出文先生风流成性，二十世纪六十年代还因流氓罪坐过牢。一时间，批判文先生和拥护文先生两派争得不可开交，成为文坛的大事件。然而对于这件事，文先生一直默不作声，不予回应。不过这倒应了佛经中讲的“是非以不辩为解脱”。

这以后，文先生公开露面似乎就少了许多，在人们渐渐淡忘对文先生的争议时，文先生也就走到了生命的尽头，二零一八年传出文先生去世的消息。如果按一九一零年算，文先生活了一百零八岁，按一九二一年算，文先生活了九十七岁。

对于瞻仰过一回、充满争议的文先生，我是有一点自己肤浅认识的。文先生的年龄或许确实并没有那么长，文老与杜老相会时，出生在民国元年（一九一二年）的杜老已实实在在过了九十四岁，文老则号称九十六岁。而从实际的容貌盛衰、行动灵便程度来看，文老看起来比杜老年轻多了，动作也敏捷许多倍。当时大家就觉得杜老看起来比文老年长许多。不过就按李辉先生考证的文先生的真实年纪，活到九十七岁去世，也算是高寿了；文先生的学问就我听文先生讲座而言，虽不能称大师，亦还是有相当水平的。和他那一辈的大学者，如我拜见过的季羡林、张岱年、侯仁之、林庚、杨明照，或我熟知的刘克生、杜道生诸先生横向比较，文先生不能算是出类拔萃的。若和当今的大多数晚辈学者们纵向比较，那却是高出天际了。像今天普遍民众传统文化修养较低，而许多真正饱学的老先生大都谢世，见到文先生这样难得的年高博学的老先生，当然是容易捧到国学大师、国学泰斗等地位的。然而这样的称号也并非文先生自称，乃是媒体惯用的浮夸，也并非仅是媒体的浮夸，却是整个时代的浮躁使然。平心而论，文先生是有深厚传统文化根底，又有丰富人生阅历，且富有相当人格魅力的一位智慧老者。但文先生的价值取向与生命状态，却不是被传统文化的正统主流所认同的，严格说也就是儒家所不认同的。

文怀沙先生于我个人却是颇有启迪的。文先生当年到美术学院来讲的那几分钟《楚辞》，是我以后研读《楚辞》的津渡，宣讲《楚辞》的楷模。我对《楚辞》的许许多多感悟都来源于文先生高屋建瓴的几句提点。对于文先生的这点学问上的教益，我是感念于心的。今天写下这些文字，算是对文先生教益的感激吧。

二零二一年孟夏暴热暴雨后之黄昏

李里于雍城周氏宅院过厅中

楚骚风流。京师有楚辞学者文怀沙先生，尝至川师视觉艺术学院讲座，里有幸躬聆，多所获益，绘以怀之。

大头的背影
——回忆文化学者钱理群先生

钱理群先生给我最深的印象便是他大头的背影。

知道钱理群先生还是从他的学生开始的。二十世纪九十年代末，有一位叫余杰的北大学生的杂文非常流行，相传他的书未刊印之前，是以手抄本的形式在北大学生中广泛传阅的。当年余杰在青年中有极大的影响。我也在别人的推荐下买了两本他的书，翻读之下觉得余杰颇有才气，也善于思考，具有批判性，但年少轻狂与偏激之气时溢言表。而我手中两本余杰作品的序就是钱理群先生作的，钱先生的文章写得好，更使我庆幸的是我对余杰文章的认知竟与钱先生的评价几乎相同，这让我对钱先生产生了兴趣，便进而寻找钱先生的书来读，遂逐渐对钱先生有了比较深入的了解。

钱理群先生被称为二十世纪八十年代以来中国最具影响力的人文学者，也是北京大学最受欢迎的十位教授之一。钱理群先生是研究新文学的学者，更是研究鲁迅先生的专家。正由于此，钱理群先生不仅是一位大学者，更是一位像鲁迅式的思想家。他的许多深邃而具有批判精神的精辟言论都在社会中激起强烈反响，最有名的如："北大最大的悲哀是一批高智商的精致利己主义老师，培养出一批又一批高智商的精致利己主义学生。"这可以说是对当代教育最本质、最深刻的批判。不仅言论，就是其生活也时常引起社会的关注。钱理群先生七十六岁时与夫人将自己的房产卖掉，彻底搬入老年公寓居住，并宣称住在老年公寓可以避免做饭、洗衣、应酬等诸多日常琐事，好把大量的时间和精力用来写作。

钱理群先生在新文学的研究中提出了著名的新概念："二十世纪中国文学"，将近代文学、现代文学、当代文学全部打通，让文学从政治的简单比附中独立出来，寻找文学发展的内在逻辑。并用"走向世界文学的中国文学、改造民族灵魂为总主题的文学、以悲凉为主要审美特征的文学、文学语言现代化进程的文学"来描述二十世纪中国文学的基本风貌，在学术界产生了广泛影响。

钱理群先生的家世也非同一般，他的外祖父就是清末民初的维新派人士，最早在杭州办白话报，开办学堂，修公路。父亲钱天鹤是外祖父的得意门生，清华大学毕业，留学美国时与胡适同学，曾任中央研究院博物馆馆长。母亲从小接受西式教育，精通英文。大哥钱宁为清华大学水利系教授，中国科学院院士。二姐钱树榕为中国人民解放军总政治部话剧演员。二姐夫是剧作家，曾与贺敬之一起创作歌剧《白毛女》。三哥钱临三毕业于民国中央政治大学外交系，于中华民国外交部工作。四哥钱树柏毕业于民国金陵大学农学院，早年加入中共地下党组织，一九四九年后任职南京市委宣传部。钱理群先生曾在论述家庭对他学术的影响时说："我的家庭成员中，既有国民党员，也有共产党员，而且我的感觉中，他们都是好人，甚至我敢说他们都是中国最优秀的知识分子。"

钱理群先生民国二十七年（一九三九年）就在这样一个家庭出生。九岁时即在《中央日报》副刊上发表了《假如我有一双翅膀》的处女作。一九五六年考入北京大学中文系，毕业后前往贵州的某师范学校任教近二十年。"文革"结束恢复高考，又考取北京大学现代文学的研究生。一九八一年硕士毕业，即在北大任教，至二零零二年退休。他研究的核心是新文学，对鲁迅、周作人、曹禺等都有深入的探索。又从新文学扩展到二十世纪中国知识分子历史与精神的发掘，再推广至二十世纪中国思想、文学及社会的审查。著述丰富，代表作有《与鲁迅相遇》《周作人传》《周作人论》《曹禺戏剧新论》《心灵的探索》《一九四八天地玄黄》等。

对钱先生的认识愈深，愈生起了想去拜谒钱先生的愿望。二零零三年春间，我晋京拜访张岱年先生那回，也专程拜访了钱理群先生。拜访钱理群先生是颇奇巧的。我并不知道如何能联系上钱先生，只知道应到北大中文系去寻访。得到的结果是钱先生已退休，但还在兼课，有时会来学堂，其余则无可奉告了。听闻钱先生会来学堂，欣喜；不知何时来，渺茫。思来想去，只有多去几次北大，在里面转转，看能不能碰到钱先生。拜谒张岱年先生之后的几日，我便有意在北大中徜徉，遇不到钱先生，也可饱览北大的湖光山色，在众多大师曾经来往过的地方流连，也算一件美事。

然而老天是厚待我的。一日午后，我又从北大的后门进去，刚进去不久，眼前一亮，便看到一个大头的背影在我前面。这人不算高，胖胖的，给人最强烈的印象就是胖胖的身体上有一个大大的头，头顶又因为中间的头发几乎掉尽而显得格外光亮。我立马心跳加快，下意识地告诉自己，前面这个大头的背影一定是钱理群先生。曾经也在各种书籍中看到过钱理群先生的容颜，毕竟是模糊的，现在的背影也只是仿佛，不敢确认。我则一直怀着忐忑紧张的心情尾随在大头背影之后，保持着一定距离的“跟踪”，边跟踪边确定，边确定边狐疑，然而竟不放弃。就这样不知不觉中，穿过了北大的好几条路，绕过了北大的好几栋教学楼，最终来到北大的中文系。大头的背影径直进了中文系的现代文学教研室，这时我坚定了自己的猜测。当钱先生进入教研室的刹那，我鼓足了勇气，在大头背影后低声地喊了一声：“钱先生。”钱先生转过身来的刹那，我又恭恭敬敬给钱先生鞠了九十度的躬。

钱先生恐怕是被眼前这个穿着长衫，行着鞠躬礼，突然出现的陌生青年给惊了一下，露出局促的神态。我赶紧给钱先生自报家门，说明来由，钱先生才稍稍镇定，请我在教研室中坐下。当时教研室没有其他人，就我和钱先生二人。钱先生把我的情况问清楚，得知我是四川师范大学的文学教员后，神情始舒缓自然，便倒上茶，与我高谈阔论起来。钱先生的头果然很大，没有头发的头顶益发显得宽广，只在大头的边缘有一点稀疏的花白头发。眉宇非常开阔，眼睛小小的，嘴上的胡须刮得干干净净。穿着灰绿色灯草绒西装，里边一件灰色羊毛衫，羊毛衫的心字领口中露出紫色的衬衫。紧张消除后，钱先生露出随和的神态。

钱先生听说我是研习国学的，就首先从他和传统文化的关系谈起。钱先生讲他出生在接受了新思想的家庭，从小是读新学长大的，没有直面过传统经典。他对传统的了解是间接的，是通过鲁迅先生再认识的。

说到他研究的本行鲁迅先生，钱先生就来了劲。他讲鲁迅先生才是真正懂得中国传统文化的人。鲁迅先生尊敬传统文化的本源状态，对在历史的进程中被扭曲、被歪曲、被世俗化的传统文化深恶痛绝。鲁迅先生批判传统的本质即在于此。鲁迅先生和周作人先生在很多问题上的认识是几近相同的，都同样的深刻，但二人所取的人生态度则大不相同：鲁迅先生更近于儒家，是知其不可为而为之；周作人先生则近于道家，是知其不可为而不为。若称二十世纪最伟大的思想家，只有两人：那就是鲁迅与毛泽东。他们二人都有很多相似之处：一是皆有不安定之灵魂；二是皆有底层社会之情怀；三是皆有中国情结。

我也接着钱先生的话讲，上古的圣王时代结束，从春秋到近代，只有毛主席一人算得上内圣外王的圣王。毛主席时代，他不仅是最高的实际统治者，更是最伟大的精神领袖，前者是外王，后者是内圣。如此圣王，两千余载之间，毛主席一人而已。钱先生对我所说很以为然。

谈罢这个话题，钱先生又说现在研究传统文化，他认为最急需做的一件事是应构建一套中华民族从古到今的文化元典，这个元典中当有取之不尽、用之不竭的丰厚文化财富，后世子孙无论生活中遇到怎样的问题，都可从中寻找答案。而未来的新文化也可从此生发。这些文化元典必须成为未来教育的必读书，让学生奠定深厚的中国传统文化修养，并终身受益。钱先生就此问我，哪些前人的东西可以入选。我回答："孔子、孟子、老子、庄子、屈原、司马迁、陶渊明、李白、杜甫、慧能、韩愈、苏东坡、朱熹、王阳明、汤显祖、顾炎武、黄宗羲、王夫之、曹雪芹、鲁迅、毛泽东。"钱先生很是高兴，说除李白、杜甫之外，其余都可入选。原因是李白、杜甫的丰富性不够。

顺势，钱先生又谈到为什么当代很难出大师的问题。钱先生分析要成为大师，首先要对传统文化透彻了悟，而透彻了悟有两大障碍：一是语言障碍；二是思维障碍。语言障碍就是古书的文字、训诂，今人普遍古文水平太差，连把古书的字面意思搞明白都很困难，何谈进入古人的世界。即使有相当的古文修养能读懂古书，但要深入理解古人的思想，与古圣先哲的心灵交流，则又需要相当的悟性，悟性不够也很困难。语言和悟性的功夫都具备，透彻了悟传统文化，也还不能算是大师。因为传统文化太博大精深，越深入越为其魅力所折服，最后全然被其俘虏，也不能为今日社会所用。深切彻悟后还要能够自由出入，继而根据现实之需要，创造出新的文化，这样的人才能算大师。鲁迅、毛泽东就是这样的人。

钱先生非常健谈，越谈兴致越高，不知不觉两三个小时就过去。转眼已是六点多，晚上钱先生还有一个会。钱先生就提议我们二人到北大后门外一家装修典雅的牛肉面馆吃面。我当然是非常欣喜，能与钱先生共进晚餐。吃面时钱先生仍谈兴未尽，我又向他请教起新文学史上的几位作家。先问钱先生对郭沫若先生的看法，钱先生讲郭沫若先生是一个天才型的聪明人，他对于学问是边入边出，他每研究一个问题都有新的创见，且具极大的丰富性。他的悲剧性在于，他一生都想将诗人与政治家统一，因而他崇拜屈原、曹操、毛泽东。这几人皆是将诗人与政治家统一的人。他人生、爱情、思想、学问的复杂性皆远远超过同是大历史学家的陈寅恪先生。钱先生知道我是四川来的，特别强调苏东坡与郭沫若有极大的相似性，而且故乡比邻，若将二人进行比较研究，有极大的意义。

谈完郭沫若先生，我又向钱先生请教我最喜爱的两位新文学作家：郁达夫和废名二先生。钱先生讲郁达夫先生可以算是中国最后一位士人，他的生活方式、精神情调都是士大夫的。废名先生更是今日不可再得之奇人。

吃完面，临别之际，钱先生又和我说起他的经历，有两件令我记忆犹新。一件是他们钱家也是江南吴越王钱镠之后，与近世的钱穆、钱基博、钱锺书、钱学森、钱三强诸先生都是同门。

另一件则是他考上北大研究生后，在北大读书的那段时光最为幸福。那时北大的诸多大师们都还健在，清晨起来，就能看到在未名湖边跑步健朗的朱光潜先生，黄昏又能碰到拄着杖在未名湖边散步温润的宗白华先生，时不时在校园中漫步还能碰到满脸美髯、圣贤气象的冯友兰先生……说起这一段时，钱先生的神态中充满了无限的陶醉与留恋，也让我升起巨大的欣羡与神往。

最后，我一向喜好老先生的学问，特意问了钱先生一句："北大中文系现在还有没有老先生？年龄最长的是哪一位？"钱先生告诉我，还剩一位，即在新文学史上以新诗著名，后来又以研究唐诗驰誉的林庚先生，今年九十三岁。得知这个消息，我自是欣喜不已，这也成了我第二日拜访林庚先生的缘起。时间匆匆，好像没过多久就到了钱先生要开会的时间。我和钱先生在面馆匆忙合了张影后，钱先生就赶紧离开，当我不断对钱先生表达感谢时，钱先生说这样的交谈他也很愉快，并有不少启迪，他还要感谢我付的面钱呢。这时已天色黑尽，我站在牛肉面馆门前目送钱先生，钱先生大头的背影又出现在我的眼前，我怀着十分感激之情目送钱先生大头的背影消失在街灯朦胧的光影中。从此，钱先生大头的背影便定格在我的脑海中，只要一想起钱先生，便会想起钱先生大头的背影。

在我的心中，对钱先生的拜访是一段欢快的记忆。我在不知如何寻觅的情况下，得老天眷顾，竟能在北大校园中偶然遇见钱先生大头的背影。而大名鼎鼎的钱先生见到我这个素不相识的青年后，竟能坦诚相待，如老朋友般和我推心置腹畅谈一个下午，让我大受教益，收获甚丰。最后，钱先生还随和地和我一起吃面。这让我对钱先生既崇敬不已，又铭感曷深！让我意想不到的是，第二年，我在书店中无意间看到钱先生新出版的一本著作，书名已记不清了，但钱先生却将我访问他的事写进了序言，意思仿佛是说他和这个青年的交流启发了他很多新的思考。看到这篇序，我更感到了钱先生开放的襟怀和谦虚善取的品格。

在我拜访过的老先生中，钱先生是最年轻的。我见他时他才六十四岁。当时在我的心里并没有将钱先生列为老先生。但钱先生是饱学的，是有睿智思想的，是有批判性的，是热情的，是厚爱青年的。这些都是他研究的鲁迅先生身上所具有的品质。今年钱先生已八十二岁，还从容健康地在京城的老年公寓生活、写作，这或许正是钱先生的豁达所致吧。

今天我仍然怀着感激和喜悦的心情，将十八年前对钱先生的那次拜访写出，以表达我对钱先生的景仰，并祝福钱先生健康长寿，写出更多的著作，嘉惠无尽的青年。我也非常希望下次到北京时，再去拜访现在已寿在耄耋的钱理群先生。写到这里，钱先生大头的背影又出现在我的眼前。

二零二一年夏末清凉午后

李里于西蜀雍城古宅中

大头的背影。北京大学有现代文学专家、文艺理论家钱理群先生，里尝往请益，受教良深。特作一文，名曰《大头的背影》，兹绘以怀其事。李里。

几位老学人

——回忆张紫葛、庞存周、冯其庸、钱逊、汤恩佳诸先生

我有一本珍贵的相册，里边的每一张照片都是我与老学者的合影。几乎绝大部分合影中的老先生，我都写成了专文，用以怀念或者回忆与这些老先生交往的难忘时光，和从这些老先生那里获得的无穷教益。到此还剩三四张照片中的老先生未及状写。这几位老先生或因自己缘分尚浅，或知之甚少，或于其学问未曾深究，难以写成大文，然又不舍辜负，遂将其合撰一文，以记照相始末。

张紫葛先生

一张照片是我与《心香泪酒祭吴宓》作者张紫葛老先生的合影。二十世纪九十年代末，我尚在故乡，外祖父还在世时，外祖父的老友张天耀公向外祖父推荐了传记文学《心香泪酒祭吴宓》一书。这本书讲的是国学大师吴宓先生在西南师范大学时的悲惨遭遇，其中涉及了许多一九四九年后知识分子遭遇坎坷的历史。这在当年是一部著名的畅销书，与《陈寅恪的最后二十年》齐名。

外祖父曾于西南师大见过穿着长衫、落魄的吴宓先生，自然于这书很感兴趣，阅读之中经常充满感叹地与我分享书里的内容。没过多久外祖父又对我说，报刊上有大篇幅批判此书作者张紫葛的文章，指责书中的内容多有作伪。外祖父告诉我，据他所知，书中所记大多还是真实的，且张紫葛这个人很不简单，还做过宋美龄的机要秘书。曾在西南师范大学、西南政法大学教过书。在西南政法大学期间，还娶了一位比他小三十多岁的年轻学生。然而于其人其书终究没有定论。不过张紫葛的大名便给我留下很深的印象。

数年后，外祖父早已辞世。我到成都教书，遇一友人认得张紫葛先生，并告诉我张先生就住在成都的西南民族学院。我自然欣喜，请友人引荐。友人告诉我，张先生的年轻夫人西南政法大学毕业后，就分到西南民族学院工作，退休后的张先生就到成都跟着夫人住。张夫人是高干子弟，父亲曾做过省部级高官。“文革”结束后，张夫人考入西南政法学院，就碰到刚平反回来眼瞎耳聋的五十九岁的张紫葛先生，听了张紫葛先生讲的一堂《逍遥游》课，就被他渊博的学识、引经据典滔滔不绝的讲授折服，决心嫁给张先生。

如约到张先生家，当时张先生八十四岁，一只眼睛已瞎，一只耳朵已聋，还中过风，半身已瘫痪，嘴的一边也略微下斜。一只眼睛勉强能看，一只耳朵戴着助听器勉强能听。人瘫坐在沙发上，但头脑却是异常清晰的。张先生先问我哪个大学毕业，哪里教书，我一一作答。听闻我是讲国学的，就考我读过《礼记·哀公问》没有。我简略地回答了此文是孔子讲的从敬身到敬其妻、子，再到治礼、爱人的政治思想。张先生戴着助听器，也不知听清没有，便用他那略带含混的声音开始讲他想讲的话。核心是最近他写的《在宋美龄身边的日子》这本书正要出版，围绕这本书他讲了很多在宋美龄身边的逸事。张先生所醉心谈的即是宋美龄生活的奢华：在宋美龄举办的诸宴会上，各种洋酒的名贵，酒具的精致，宴会上交谊舞的夺目，上流人物服饰的华贵，谈吐的风雅，以及她自己过人的才华，还有他自己在上流圈中的诸多风流韵事。张先生得意地讲，他年轻时候记忆力超群，厚厚一本书一晚上就能全部背下，很多难记的密码他一秒钟就能记住。这是宋美龄最器重他的地方。

我大声在张先生耳边问起他的经历，张先生告诉我，他生于民国八年（一九一九年），毕业于武汉大学中文系，毕业后到陪都重庆做《大公报》记者、编辑、专栏作家。继而又到新疆省政府工作。因听我讲起在重庆师院读过书，认得刘知渐先生，便特别讲他在新疆时与刘知渐先生共过事，当时他是将官，刘知渐先生是校官。而且他们一九四九年后也有往还。张先生虽然身体很差，视听都不好，但说话的态度始终显得高傲，仿佛自己仍是民国上流社会风流才子的模样。

张先生的年轻夫人在家中，不过现在也快五十了。夫人看上去颇冷漠，对瘫在沙发上的张先生仿佛有些厌倦，说话也是很不耐烦的样子。夫人有教学任务，还要照顾张先生六十九岁时和她生的女儿，更长年服侍病中的张先生，心情烦躁也是可以理解的。不过夫人还是礼貌地留我们吃午饭，我们坚决不吃，夫人却说都是外边叫回来的，不吃也浪费，我们便只得在张先生家吃了饭。吃饭时我颇觉得愧疚，来给原本就很繁忙的张夫人添麻烦。我不好意思地问夫人，张先生身体这么糟糕了，还怎么写作。夫人告诉我，以前张先生是用手自己慢慢写，但写的字乱七八糟，完全看不清楚，全靠她把张先生写好的稿子念给张先生听，然后听张先生讲，她帮着修改，最后用电脑打出来，写一本书非常艰辛。现在张先生完全写不了了，只有等她下班回来，张先生口述，她记录。听到这些，我就更理解和感佩张夫人了。

因为看到张紫葛先生那么年老多病，张夫人那么辛劳，我就再不敢去打扰他们。两年后便听说张先生去世的消息。还听说他又出版了《在历史的夹缝中·忆张治中先生》《血域黄沙》等书。张先生去世很多年后，我的一位虔信基督教的姨母告诉我，张紫葛先生的夫人也是她们教会的教友，经常在一起做礼拜，说张夫人还记得曾经去拜访过他们的我。姨母母亲去世的追悼会上，张夫人也来吊唁，精神情绪比我曾经见到的时候祥和宁静多了，看到我还亲切地打招呼，并相约什么时候聚会一下。但没过多久就传来张夫人去世的消息，才六十多岁。我心中感到非常惋惜。

张紫葛先生虽只见过一次，在我的印象中张先生也是那种誉满天下、谤满天下，正邪两赋的才子人物。不过，张先生能在目盲耳聋、身体瘫痪的病痛中，艰难地写出上百万字的著作，这种精神也是非常可歌可敬的。当然其中也有张夫人的许多功劳，不可磨灭。

庞存周先生

有一张照片是与重庆渝州大学著名教授庞存周先生的合影。故乡名医、九十余岁的贺嘉寅仙翁有位湖北家乡的老友潘老先生，是抗战中与嘉寅仙翁同时逃难到重庆的。潘老先生与嘉寅仙翁一样也学佛，曾咬破手指，用手指上的血抄写了一部《金刚经》，嘉寅仙翁甚为推崇，并为其作序。潘老先生有位公子，叫潘乐偕，当年也有七十岁左右了。潘老先生因病不能出门，都是派公子潘乐偕到嘉寅仙翁处走动。乐偕先生瘦瘦高高，谦和热情，雅好交游，对嘉寅仙翁与我的佛门先生洪禅法师都极为殷勤。那时我还没离开故乡，常往亲近贺、洪二老，便与乐偕先生相熟。乐偕先生见我敬老尊贤，就热情地给我推荐他在老年大学的一位教古文的老师庞存周先生，说庞存周先生极有学问，又精通书画，还是国学大师章太炎先生的门生，要领我相见。我自然喜欢，便相约前往。

庞存周先生当时九十岁，方方的脸上白白长长的寿眉尤为突出。我们去时是夏天的上午，庞先生穿着一身白色短袖的练功服，告诉我们他才在公园打了太极拳回来。他每天早晨都要去打拳。所以庞先生看上去身体健硕，行动灵活，根本不像一位九十岁的老人。不仅如此，庞先生还思维清晰，非常健谈。听说我是学国学的，便饶有兴趣地和我交谈起来。庞先生告诉我他是南充人，家里九世书香，父亲曾与民主人士张澜先生共同创办成都大学。大学者王恩洋先生是他父亲的学生。章太炎先生是他父亲的老师，也就是他的师爷。他少年时代曾随父亲到苏州国学讲习会听章太炎先生讲国学，因听章太炎先生讲“诗古韵”之说而受启发，遂开始他“诗经韵谱”的研究，并得出在学术界产生重要影响的结论：《诗经》无严格的韵律，乃以各地方音入韵。古汉语大师王力先生是他的师兄，对他的这个结论大加称赞。

庞先生又讲，现在的四川大学是民国时的国立成都高等师范学堂、国立成都大学、公立四川大学三校合并而成。国立成都高等师范学堂的前身便是清朝时张之洞创办的尊经书院和康熙年间创办的锦江书院。当时全国仅有北京、南京、武昌、广东、沈阳、成都六所高等师范学堂，称六大高师。国立成都高等师范学堂名列第二，仅次北京高等师范学堂。他毕业于华西大学文学系，在华西大学时又受教于成都五老七贤之一的林山腴先生。

庞先生还讲他在老年大学教《史记》时，有一位老学生提出《史记》为什么经常将一些不相关的人物列为一传。这个问题启发了他的思考。经过几年的研究，他提出了《史记》人才学的著名观点。他认为司马迁把哪些人合并在一起，正体现了司马迁的人才标准。因此，庞先生强调做学问一定要勤于思考，善于思考。他又说他对《诗经》韵律的研究也是受了大学时诸多外省同学的启发。外省同学都各讲自己的方音，他仔细辨听并加以记录，久而久之就悟出了各地方言皆有其音韵规律。以此方法研究《诗经》的音韵，他终于有所创获。

由此庞先生又讲到明清时流行的《平水韵》。这是朱元璋的好友、山西平水县的刘渊著的，故叫《平水韵》。朱元璋又将其改名为《洪武正韵》，并规定为天下读书人科举考试时必须依照的韵书。康熙皇帝令第三子整编此书，因其三子的书房名为佩文斋，故整编好的韵书取名《佩文韵府》。清朝科举考试帖诗，所用的标准韵书即为《佩文诗韵》。

庞先生学识渊博，待人平易热情，若不是其老伴怕他累到，让他休息，他还会滔滔不绝地讲下去。临行时，他将他的大著《诗经韵读图解》送了我一部。乐偕先生为我们合影。

以后我在异乡教书，日渐忙碌，少回故乡，庞存周先生也就再未会过，听说庞存周先生活了九十七八岁。今天嘉寅仙翁、潘老先生、洪禅法师与庞先生都已作古，只有八十余岁的乐偕先生还在世。写下这些文字，算是对庞存周老先生的怀念，对乐偕先生引荐的感谢！

冯其庸先生

一张照片记录了我与全国著名学者、红学家冯其庸先生在他家中的合影。当代红学研究中，最有影响力的便是周汝昌与冯其庸两先生。我们一家从我的外祖母、姨祖母、我的母亲、姨祖母的女儿，直到我都非常热爱《红楼梦》。我九岁就开始读外祖母竖排版的《红楼梦》，并背下其中许多诗词。我们一大家人聚会时，常常以《红楼梦》中人自况，认为外祖母乐观开朗像史湘云；姨祖母从小爱哭、多愁善感像林黛玉；母亲年轻时周到懂事像薛宝钗，晚年管理书院、操持一大家像王熙凤；父亲古板严厉像贾政；说我怜香惜玉、浪漫多情像贾宝玉……而我从小的理想便是有个大观园，把老老少少、亲亲戚戚、姐姐妹妹全接来住在一起。

生在如此喜爱《红楼梦》人家的我，对于周汝昌、冯其庸两位红学家自然是向往的。我对周汝昌先生无比崇敬，久欲拜谒而终未得见。但和冯其庸先生的奇巧相识却很有可述。见到冯其庸先生的很多年前，我早就知道冯其庸先生研究红学的大名，而且还在中央电视台的《大家》栏目上看过冯其庸先生的专题报告，知道了冯其庸先生研究红学时，竟花七个月用毛笔小楷手抄了一部庚辰本的《红楼梦》全书，并写出了十万字、受周汝昌先生称赞的《论庚辰本》的红学巨著。另外，冯其庸先生在敦煌学、考古学和书画艺术上都有极高造诣。晚年，他十入新疆沙漠，最后在帕米尔高原考证出了玄奘回国的故道。不仅如此，二零零五年中国人民大学成立国学院，冯其庸先生出任首届院长时，我还与母亲专程到北京准备去拜谒冯其庸先生。但因缘未足，终究没有见到冯其庸先生。

两年后的秋天，我在北京讲学后要转机去上海讲学。在首都机场候机闲坐时，不经意间看到两位胖胖的、穿着灰布衣衫的老人蹒跚走近。我定睛一看，其中一位头上秃顶的正是冯其庸先生，另一位从形象气质和与冯其庸先生的关系看，必定是冯先生的夫人。当时我心中一阵惊喜，更有些激动。待两位老人在候机的座位上坐定，我便走上前去，向两位老人恭敬地三拜。冯先生颇有些惊讶地询问，我怎么认得他。我说冯先生在学界鼎鼎大名，且我在很多书刊和电视中都见过先生的尊容，怎能不认得！冯先生说有缘有缘。由此，我便坐在两位老人身边和冯先生攀谈起来。我讲了两年前曾到人民大学国学院寻访冯先生未果的事，冯先生随口说："巧得很，昔年专门寻不得，今日未期机场遇。"冯先生告诉我他今年八十三岁，旁边是他的老伴夏老师，也快八十了。他还说，他老伴是教英文的教员。因候机时间匆匆，不能深谈，我拿出包中的日记本，请冯先生题两个字作这机场巧遇的纪念。冯先生接过日记本，提笔写下："李里先生，冯其庸，零七年十月廿三于北京机场。"尚未写完，冯先生的助理为冯先生夫妇办完登机手续过来，便认出我是讲国学的李里，甚是热情，还向冯先生夫妇不断介绍我的事迹。冯先生夫妇更说有缘有缘，并请我下次有机会去北京家中。临行前，冯先生的助理将电话留给我，让我到北京跟他联系。

机场偶遇之后，我一直想着有机会晋京讲学再去拜访冯先生，未承想这再次晋京又是两年后的夏天。我在电话中向冯先生的助理询问到冯先生家的地址，并约好时间前去拜访。冯先生的居所在北京通县的郊外，我转了很多趟车，辗转询问了很多路人才找到。

开门的是冯先生的夫人夏老师，夏老师认出了机场巧遇的我，颇为热情，邀我进院。冯先生的住宅是一个自家修建的大院子，院子中间栽种了许多花木，还设以山石池藻，很是雅致。院子中间是两层的小楼，夏老师将我领进小楼内的客厅里坐下。客厅正中的墙上挂了一块匾，匾书“瓜饭楼”三字，题款“刘海粟”。客厅中摆了一圈座椅，座椅的后边则是各种古董和书籍。我在客厅坐了一会儿，夏老师则把在楼上书房的已八十五岁的冯先生请下来。冯先生和夏老师坐在瓜饭楼匾下的两把椅子上。我请教冯先生的书房为什么叫瓜饭楼和冯先生与刘海粟先生的因缘，冯先生默而不答，请夏老师去取了一本书来，并在书上写了几个字递给我，说这是他去年刚出版的一本散文集，我要的答案这本书里全有，看了便知道，毋庸多言。

我取过书细细端详，书的名字叫《瓜饭集》，商务印书馆出版。书的装帧也和一般的书不一样，四四方方厚厚一本，封面上是国画的藤叶冬瓜。翻开书，扉页上便是冯先生题的字：“李里学友指正，冯其庸敬赠，二零零九年八月廿八日，北京”。再翻目录，全是冯先生的身世经历和与众多名家学者交往回忆的文章，是较全面了解冯先生的最好材料。我非常欣喜，深深谢过冯先生。冯先生问了我一些到各地宣讲国学的情况，颇称赞我的自学成才，并说他的学问大多也是自学来的。他又讲，他现在年事已高，身体不好，他和老伴都有高血压，在人民大学国学院也只任名誉院长，具体的事几乎不管。冯先生不大苟言笑，话也不多，只是说起他的居所则颇为自得。他讲他的房屋、院落都是他自己设计布置的，花木山石也是他选择布局种植的。说到前些年启功先生还不辞年高路远，专程到他的住所探访。对他花园山石花木及屋里古董的赞赏时，他的脸上才露出了难得的喜悦之色。我与冯先生在他的瓜饭楼匾下合影之后，夏老师又带我到他们屋外的花园细细转了一遍，则告辞离去。

回去后我将《瓜饭集》细细地读了，便解开了刘海粟题“瓜饭楼”的疑问。冯先生出生在江苏无锡乡下，与我外祖母同年，生于民国十三年（一九二四年）。少小贫苦，家里经常没有饭吃，常以屋前屋后种的南瓜充饥，这个印象太深刻，至老不忘，所以将书房取名瓜饭楼。冯先生从小喜欢艺术，青年时代就读过国学大师唐文治先生创办的无锡国专。在书画和国学上都颇有成就。改革开放后，国画大师刘海粟先生要办画展，竟请他为画展写一篇序，他受宠若惊，从此便结下了和刘海粟先生多年的友谊。一次，九十高龄的刘海粟先生想去冯先生的瓜饭楼中看一看，但冯先生的家住在五楼上，怕刘先生年高爬不上去，就将刘先生接到自己恭王府中平房的办公室里座谈。临行时，刘师母递给冯先生一张纸，冯先生打开一看，便是刘先生给他题的“瓜饭楼”三字。冯先生一时感动得不能自持。

我拜访冯先生的三年后，九十四岁的周汝昌先生逝世；又五年后，九十三岁的冯其庸先生逝世。至此，当代的两位红学大师都魂归道山，我虽未见到周汝昌先生，却巧遇了冯其庸先生，也算有幸了。

钱逊、汤恩佳二先生

一张照片是二零零六年夏，我受邀参加在蜀中德阳举行的“国学现代化与构建和谐社会国际学术研讨会”时，与清华大学思想文化研究院所长钱逊先生和香港孔教学院院长汤恩佳先生的合影。此会规模盛大，来了全国许多的专家学者。我仅与钱、汤二先生合影。钱逊先生是国学大师钱穆先生的公子，我于钱穆先生素来景仰，且先师道生先生也与钱穆先生交厚，道生先生临终前还将钱穆先生书赠他的一幅立轴交与我保存，当然我于钱逊先生也就爱屋及乌地格外尊敬。钱逊先生生于民国二十二年（一九三三年），当时七十三岁。样子颇与中年的钱穆先生相似，头发大多花白，戴副金丝眼镜，不乏书卷气。我认真听了钱逊先生的讲座，题目是“如何在社区中开展国学教育”，或受讲题限制，讲座平平，并未听出高明，颇令人失望。我心想，钱逊先生比起他的父亲钱穆先生水平确有天壤之别。不过会下钱逊先生态度还是很谦和的，颇有儒者之态。

汤恩佳先生在香港多年致力于儒学的弘扬和孔学的推广，声名远播，我很早就听过汤先生的大名。汤先生体态微胖，脸圆圆的，比钱逊先生小两岁，当时七十一岁。汤先生的演讲激情澎湃，极富煽动力，所谈都是孔子的伟大，中华的伟大，爱国之情充盈讲座。听完讲座，我很感佩汤先生的爱国、尊孔情怀，专程上前向汤先生鞠躬致敬。汤先生见我，对我能穿长衫赞口不绝。后来又听了我的讲座，更是大加称赏，说我彬彬文质，长衫穿在我身上非常合适，还专门留了我的电话号码，说十月他在香港举办祭孔大典，一定邀我参加。汤先生性情豪爽，待人热忱，主动要求与我合影，合影时还特意把钱逊先生叫来，因此才有了我与汤、钱二先生的合影。

汤先生果然讲诚信，未想到会议不久，真给我发来了去香港参加祭孔大典的邀请函，还负责往返的机票。这年十月，我如约第一次到了香港，除我之外，汤先生还邀请了全国许多研究国学的专家学者。祭孔大典很隆重，在香港的一个大型体育馆举行，参会者上千人。主席台上就由汤先生和其他几位孔教学院的老先生穿着黑缎面长袍马褂，主持祭孔仪式。几位老先生看起来年龄都比汤先生大，应该在八九十岁的样子，在台上一跪一拜皆显得老态龙钟，但其虔诚、庄重、肃穆的神情深深打动了我，让我多年来一直记忆犹新。在典礼中，我才知道香港孔教学院最早是由康有为发起主办的，已经传了几代人，汤先生作为孔教学院院长好像是孔教学院的第四代传人。汤先生原本是著名的实业家，一直经营化工产业，在香港是排得上名的富豪，但一生爱国，崇尚儒家学说，推崇孔夫子，并进行了深入的学术研究，所以做了孔教学院院长。

祭孔典礼完毕，晚上汤先生在他的公馆设晚宴款待全国各地来参加祭孔的众多来宾。汤先生的公馆在香港的半山豪宅区，听其他参会的嘉宾告诉我，半山豪宅是香港最好的住宅，住的全是香港的名流，好像汤先生公馆的左边住的是著名演员成龙，右边住的是香港特别行政区首长董建华。汤先生的公馆非常大，洋楼三层，客厅就能容纳一百多人。洋楼外还有大草坪、大花园、游泳池。晚宴设在客厅，是自助餐，草坪和花园都设有大家交流联谊的地方。汤先生的夫人是泰国人，也胖胖的，生得富态，有几位女儿，另外还有几位管家和几十个佣人。参加完汤先生家的晚宴，对于豪门的生活方式我是不以为然的，但对汤先生热爱祖国、热爱中华文化、热爱儒学、热爱孔子的诚挚情怀和对人的真诚热情是始终敬仰的。

十五年前相片中的两位老人，钱逊先生已于前年（二零一九年）去世，终年八十六岁。汤恩佳先生还健在，今年也八十六岁了。祝愿汤恩佳先生健康长寿，继续为儒学的复兴、孔子功业的弘扬贡献力量。

二零二一年夏暮
《岁月深处·拜谒士林》告罄之日
李里喜于雍城传薪书院日彰阁中

宋美龄秘书张紫葛先生，晚年著《祭吴宓》一书，名满天下，里尝一谒，时先生八十有四。

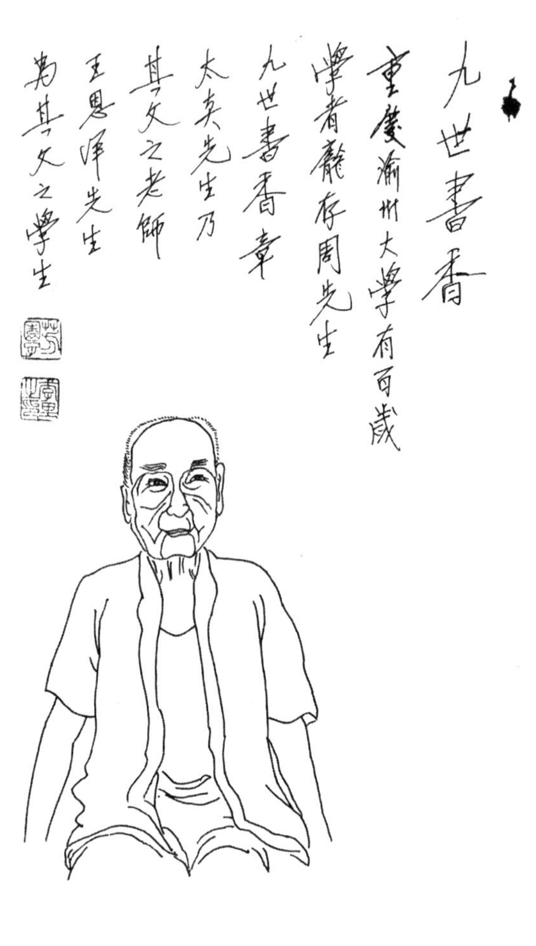

九世书香。重庆渝州大学有百岁学者庞存周先生，九世书香，章太炎先生乃其父之老师。王恩洋先生为其父之学生。

机场的偶遇。里尝于首都机场偶遇红学家冯其庸先生。

称赞长衫的合影。钱逊先生、汤恩佳先生于一学术会中于里长衫赞不绝口，故令合影留念。兹绘以纪念。

后记

俗语云“开卷有益”。然书难免有上乘劣等之分。一本好书，会让读者获益匪浅；而劣等书读后不仅无益，甚至会引人堕落。儿子李里的“岁月深处”系列无疑是当今书林中一股清流，是十分难得的令人感动、给人启迪、开人智慧、引人上进的好书。书中所述每一位老人，或是当今硕儒，或是佛门大德，或是乡野隐士，他们都学富五车，厚德载物，仁慈悲悯，嘉惠后学。李里与他们都有过或深或浅、或长或短的交往，他们对李里的人生也都产生了深远影响。虽然如今这些老人大多作古，但李里对他们深挚的敬仰和深厚的情感却铭记于心，一直希望把这些世纪老人写出来，把他们高贵的品质、深厚的文化修养以及给自己的教诲、帮助和荡人心腑的感动都传递给当今的人们，让大家在这物欲横流的当下，感受老一辈文化人的人格魅力，理解其中蕴含的人文精神，从中汲取内化于人格的力量与智慧。

基于此，李里每日奋笔疾书，疾病缠身也笔耕不辍，终于完成了这部文笔优美、意长情深的著作。其间，传薪书院的学子们每日翘首以待，竞相在群内以先睹先生文章为快，并不断写出一篇篇文采飞扬、感人肺腑的读后感。这真是非常时期一段非常绚丽的交响乐。然而，激情澎湃的日子过后却是一派喑哑，此书迟迟得不到出版。联系过好几家出版社，均以各种托词婉拒。这让李里和我以及传薪学子们都很不理解：一本优秀的著作何以遭此待遇？是媚俗当下或经济利益作祟？今重庆出版社以其独具的眼光决定接纳此书，搁置三年的“岁月深处”文稿终得付梓。作为母亲，我深感欣慰，同时也祝贺儿子的呕心沥血之作不久即能与广大读者见面，这才是本书应有的归宿。

李里母亲黄旬二零二四年七月十八日仲夏夜

完稿于西蜀锦室

写在后面

从二十二岁到今天，认识恩师李里先生已有十三年了，这是我人生中最美好的年华。

记得在四川师范大学上学时，旁听李里先生的《论语》课。先生一袭长衫，上课仅带一个水杯，不带任何讲稿，引经据典，义理深邃，娓娓道来，让人如沐春风、叹为观止。多次旁听后的一次课下，我踏着月色步行送先生去后校门坐车。路上的一问一答间，竟决定了毕业后去李里先生创办的公益国学院传薪书院工作，这一去就是三年多。结婚生子后，不得已在家全职带娃。娃一岁时，我照例挤时间去书院听国学课。一次被先生远远叫住，问我每天能否抽半天时间去辅助他写作，他最近要完成一部重要的书。我立即欣然答应，生怕先生会反悔似的。后来我问先生，为什么选我录入文章？先生说："我是为你好。"天知道，先生当时给了我怎样的感动。倏然想起先生赠我的那首诗：“心无尘染自天然，闻善泪流尽孝贤。偶识先生听讲处，梦里飞花证奇缘。”在录入文章的过程中，我时常有“梦里飞花证奇缘”之感。

先生从来是信而好古，对于现代文明之流弊是颇不以为然的。以前的文章，先生都是自己手写。后来实在太忙了，大家都劝先生用电脑写。先生当然是不会用电脑的，最终无奈要在百忙中写作，只得妥协，由他口述，请别人用电脑打字。我庆幸竟成为这位打字人。

为了打字，我首先购买了手提电脑，每天斜挎着电脑包飞奔着上下班。初打文章时，我家住在传薪书院斜对面的小区，单边步行最快需要一刻钟。为了节省时间，我学会了骑电瓶车。从给先生打文章伊始，我养成了睡前写日记的习惯，基本能做到每天“千字文”，大致详细记录了与先生两年多打文章的心路历程。可是，当我为先生打完那本书后，就开始了新的工作，慢慢写作得少了，以至于几乎不写。现在先生的那本书就要出版，命我写一篇《后记》。我虽有些胆怯，但想以此可以为自己用心用情辅助先生的写作工作画上一个圆满的句号，终于战战兢兢写下了这篇文字。

先生的这部书是他写的众多著作中最钟爱的一部，他倾注了极大的心血与深情。“岁月深处”系列是一篇篇的散文。这些文章既记录了几十位硕德耆旧的各异人生，更记录了先生与他们交往的传奇故事。书中的老先生或真，或善，或美，都充满人性的光辉。老先生们的身上多有古风，多有旧时代读书人身上的烙印与可贵品质。老先生们对先生产生了怎样的影响，他们与先生有怎样的友谊，他们的生命有怎样的苦难，他们是怎样面对苦难的……每篇文章几乎是一位或几位老先生的人物传记。每读一篇文字就是一次灵魂的洗礼，让人受益无穷。这么多老先生，总有一位是你的榜样，是你想活出的样子。比如我，在打《庙柱上的乡贤——怀念九十六岁老书家李永康先生》一文时，我的愿望是做一位乡贤，至今仍是。

此书记载了先生在求学路上有意或无意拜访的，对先生在做人、做学问方面产生巨大影响的老先生们的感人故事，从中也能窥见先生是如何一步步走上弘扬国学这条道路的。先生后来在无数次的国学讲座上，不遗余力地宣讲老先生们的德行、境界，意在把老先生们的精神发扬光大。令先生痛心疾首的是老先生们多已作古，剩下寥寥无几的两三位老先生也正在凋零。先生想让更多的人知晓老先生们的人格光辉，故而有了此书的缘起。薪火相传，传薪传心，传递老先生们的文化薪火。为了传薪，在写作过程中，先生不断增加了原计划未曾列入、对他影响不那么大的老先生进来。先生呕心沥血地写，是因先生拥有一颗感恩的心，一颗滴水之恩当涌泉相报的心。

先生与林庚、张岱年、侯仁之、钱理群等几十位老先生仅有一面之缘，却为之都写了或长或短的怀念散文。用洪禅法师送先生的“满堂食客皆忘祖，唯有多情李里君”两句诗形容先生再恰当不过。古有曹雪芹为闺中女儿作传，今有李里先生为老人立传。前者是对女子的喜爱与倾慕，后者则是对老人的一往而情深。先生天生就喜欢老的、古的、旧的，尤其见到善良博学的老先生，不光心生崇敬，还想方设法一定要拜见，拜见了更要写出长文来怀念，真是“唯有多情李里君”。

书中的每一位老先生都是一个小世界。先生每写一位老先生的过程，仿佛又回到了那位老先生的身边。一位位老先生的身影从岁月深处缓缓走来，他们的音容笑貌、叮咛教诲，一幕幕感人场景涌上心头。先生的记忆像一个个摆放整齐的瓶瓶罐罐，需要用时，可以随时取出来。当然先生还会收集阅读有关老先生的资料和他自己记的日记，再构思，构思到八九不离十了才下笔。先生擅长把复杂的事情说得简单明了，擅长归纳总结，擅长打比喻。无论何时何地，面对何种干扰，先生都可以泰然自若、全神贯注马上进入写作状态。先生还可以做到一心多用，如在什邡传薪书院日彰阁写文章时，那里长住了几位书院老学员，每晚他们都在日彰阁外纳凉消夏，并吹拉弹唱搞联欢。先生一只眼睛在电脑上，一只眼睛在联欢会上；先生一边口述，还一边听大家联欢时说唱些什么。当联欢会达到高潮时，先生会暂时搁下文章，加入联欢，或唱一首歌，或吟一首诗，让大家更尽兴。先生真是拥有一个有趣的灵魂。

写作的过程是愉快的。录入文章时，先生送了我两本书：一本是他曾经出版的《传薪文丛》，一本是书中老人著的《行吟诗稿》，分别用毛笔小楷工整地在书的扉页题了字：“采莲女史存阅，仰止行止。李里敬赠，共和国七十年荷月”“采莲存阅，别有洞天。李里敬赠，打写《六姨祖公》一文时。”我也给先生买了《昌臻法师传》及周汝森爷爷的两幅字。先生还在《二十五孝》与《我的旧学先生》两文中提及了我，令我既惊且喜。然而“罗马不是一天建成”，故写作的阻力是巨大的。

在历经千辛万苦后，这本书终于付梓了，回望过去，很有种“轻舟已过万重山”之感。我见证了先生创作的不易与艰辛，为此书先生可谓是呕心沥血。

录入文章始于二零一九年六月十日，在成都三圣乡传薪书院的望南楼上，打了两个多月；二零二零年二月初，在什邡红豆村的红庐，打了半年多；二零二一年八月初，在什邡传薪书院，打了二十天整。另外，还在什邡龙居寺的传薪书院打了一个下午。更有先生独自在手机备忘录上敲出的若干文字。所有文章中只有第一部分的第一篇《〈论语〉的启蒙——怀念何世森老人》没做任何修改，其他篇目基本是新写、重写或改写。早在二零一零年，先生已出版了四卷本竖排线装丛书《传薪文丛》，其中卷一、卷二又名《老先生与我》，已收录了本书中的十三位老人，这十三篇文章无一作重大修改。

先生将成都三圣乡传薪书院里他自己居住的二楼取名为“望南楼”。关于望南楼的岁月，我有日记为证：“先生一般是周一至周四写作，周五至周日全国各地讲学。那时我家就在书院斜对面，我往往下午两点到书院，几乎晚上九点才回家。晚饭和先生、师母在望南楼上吃。记得在望南楼上打文章时，每天一起创作的是三人，师母就坐在我与先生打文章的正对面不远处，创作她自己最想写的文章。望南楼周围的环境极幽美，令我如痴如醉。放眼望南楼外，成片的白杨树笔直地高高耸立，枝丫交错，亭台楼阁在白杨树叶间若隐若现。白杨树不但带来了绿意，更有阵阵清风徐来。知了在叶间放声歌唱，此起彼伏，那么近，那么清脆，那么生机勃勃。不远处的赞化园偶尔传来鸡鸣、狗叫和狼嚎的声音。每当先生停顿思索之余，我会偷偷多看一会儿楼外的景色，不仅可以缓解眼疲劳，内心的惬意与享受真是不可为外人道也。”

记得我去望南楼打字的第一天，先生就专门为我准备了一个青花瓷水杯，作为我打字期间的专用水杯。先生与师母每天会特意为我泡一杯浓浓的普洱茶。每天喝着先生或师母亲手泡的茶，别提有多感动。望南楼上只待了两月，光阴逝去已五载。留下多少动人事，最忆楼上那杯茶。

在红庐录入文章时，先生与他的传薪书院都遭受了巨大的变故，从成都搬到了什邡的师古镇红豆村。先生所居之处正有诗圣杜甫手植的千年红豆树，所以先生将其取名为红庐。红庐是录入文章事业的主要根据地，最持久，最安定，亦最宁静，故书中的大部分文章都完成于这时期。那时恰逢新冠流行，春节前后，大街小巷关门闭户。先生难得长期居家，不用全国各地四处奔波忙碌讲学，可以闭门专心写作。先生坚持每天写作半日。我每天骑着电瓶车飞奔在家与红庐的路上，寒来暑往，风雨无阻。

书院暂停上课，先生命我建了“岁月深处”读书群，每周发一篇已定稿的文章，配上一段文字宣传，并附若干相关照片。书院的几十位核心学友都进了此群，争相写读后感。先生则一边创作，一边阅读学员们的读后感，更写了《读后感之读后感》。书院上下都沉浸在创作与阅读的喜悦中。这不仅增进了先生与学员们的了解，学员们的写作无一不突飞猛进，更为先生的创作注入了源源不断的灵感。有先生的文字为证：“这些日子我享受到一种世间少有的围绕同一个题材的创作与阅读同时并行的欢悦。一般的作者只有创作之乐，一般的读者也只有阅读之乐。而我是一边创作，一边阅读创作的读后感，还会读到读后感的读后感。这种欢悦真是难以名状。我想所有参与写作的传薪学子们也有与我同样的喜悦吧，因为你们既是阅读者，又是创作者。"先生白天高强度地创作，晚上则熬夜阅读并另行写作，焚膏继晷，夜以继日。

另外，"仰止高山"读书群涌现了大批积极写读后感的学员，先生还特意组织他们游学重庆，去拜访了此书中提到的尚健在的九十七岁的尹从华老先生以及躺在病床上已三四年、诗意任性的洪禅老法师。这次活动意义非凡，不仅让我们有机会亲近书中的老先生，更让我们体会到先生写作的真实、准确、细腻、生动。先生还把这次游学补进尹老一文中。在写书的过程中，如果与哪位老先生有新的交往或老先生去世了，先生都会不厌其烦地补上一笔。这也是先生写作的一个特点。

师古红庐只半年，诗情画意回忆多。最是先生一场病，从此文章一边搁。有日记为证："五一节后，先生因长期的持续构思写作，大病一场，几乎卧床不起，但仍坚持不辍。先生躺在卧室的竹躺椅上，我则坐在先生旁边。我因天气炎热，不停扇着蒲扇，先生竟还怕冷，不让我扇。我于是忍着热一遍一遍地念着文稿，先生气若游丝般口述着。我小心地恳求先生不要写了，休息吧。先生深深地闭着眼睛，气息微弱地说：'快了，快了，马上结尾了。'第二天接着写作，我能明显感到先生病中的痛苦。先生说他气紧是因为坐姿不对。先生换了把椅子，坐到离我很远的宽敞地方，稍微好些。先生不断调整他的坐姿，以适应他微弱气息的变化。七号那天最炎热，我穿着薄薄的绸裙都不堪忍受。先生却垫了一层，盖了两层，还在说冷。先生发烧了，烧到三十九度多。先生把被子捂得严严实实，捂了一身的汗，头发根儿都湿透了。《当世颜回》的结尾就在这样紧张、痛苦、大病的情况下完成的。一会儿该擦汗了，一会儿该喝药了，一会儿该测体温了，人来人往。先生无助地躺着，并争分夺秒地口述着。先生拖着病体，发着热，不能直视电脑，只能靠我一遍一遍地朗读去揣摩语境，整体把握，再结尾；更来不及通读一遍，便草草定稿。我佩服先生到五体投地，真是非大手笔不能为也！不得不慨叹：先生拥有多么强大的一颗内心啊！”

红庐的写作未曾完稿，什邡又遭受了百年未遇的暴雨洪水。刚刚搬到什邡龙居古寺的传薪书院，又被骤雨冲塌，不得已再搬到什邡城里的周家大院。日彰阁便是书院中先生的书房。

日彰阁是打文章的尾声，虽只二十天，却是最连贯的，从早打到晚。我带妈妈与女儿一起住在那里陪我，唯愿一气呵成。日彰阁内二十日，人往人来热闹多。刘老高山一翻过，草绿花红又一坡。有日记为证：“来什邡的半月间，我与先生日以继夜地在电脑前工作，尤其是近几日，常写到夜里十一点。定稿《仰止高山——怀念百岁诗翁刘克生先生》一文时，昔日的热闹散尽，书院异常宁静，宁静到只剩下几人。人物的稀少寥落，再加上淅淅沥沥下着冷雨，更配合了这篇文章凄美、清寂、苍凉的意境。翻越刘克生先生这座高山时，先生的思路异常清晰流畅，语言透彻明了，竟奇迹般只用时两天整。和先生一起打文章近四十篇了，写刘老这篇最令我难忘。写作中我多次为先生竖起大拇指，我也几乎是在极度兴奋的状态下打完此文的。刘老是诗翁，先生为还原诗的语境，出口皆诗。如一开篇的《引子》，即是诗的语言，意象唯美，虚虚实实，如梦似幻。刘老高山中高山的形象呼之欲出，而终于没能清晰地走出来。《引子》写了一个上午，写得慢，反复修改。《小序》是总说，由虚到实。刘老的大概形象出来了，但还不具体。正文部分刘老完全走出来了，那么具体，处处细节，让观山者一览无余。写刘老的那个早上，天阴沉沉的，飘着绵绵细雨，空气湿润，秋风送来阵阵寒凉，分不清是早晨还是黄昏，看着令人难受。坐在我右侧的先生深情地望着屋外连绵不绝的秋雨，不断感叹：‘这个天气适合写刘老’‘这个天气是刘老的天气’。接着脱口而出一首残诗，我快速记在日记本上。诗曰：‘雨声凄厉送寒秋，一角院庭写宿愁。落笔忧思徘徊再，无暇他顾书怀幽。’之所以是残诗，是因先生只说了前三句，便说道：‘算了，还是做正事写刘老吧。’末句是我后来添补的。

“刘老定稿时有杂记：今晚十一点，刘老一文总算定稿。不知若何，我夜里失眠。不知是因为白日先生赏的普洱茶在作祟，抑或是打文章打兴奋了，我一直失眠到凌晨三四点。毫无睡意，遂起身看书。连日看电脑，光线昏暗，致使眼睛雾蒙蒙的，似乎更近视了。书看不进去，仔细看，每个字都有重影，我疑是自己患了白内障。在此聊记一笔，久坐打文章亦是一份苦差。不过，先生藏着一颗有趣的灵魂，和先生写文章竟从未觉得累。古语有言：仁者见仁，智者见智。我亦想补充一句：高山见高山。只有自己算得上高山，才能觉解到真正的高山。先生做什么像什么，感觉先生无所不能，又火眼金睛。先生何尝不是一座年轻的高山呢？愿终身学习之。”

我读了十多年书，基本不会写作，是先生教会了我作文。先生不光教我作文，更教我做人、做事、做学问。怪我悟性不好，只学了个皮毛。在辅助先生写作的过程中，我被文章中每一位老先生的人品、学问、境界深切感动过，也被先生写作的饱满情感、坚强意志及盖世才华所折服。我学到了许多许多。可三五年过去了，我学到的这许多逐渐变得模糊，俨然化进我的生命，成为我生命不可或缺的一部分，并滋养着我的生命。

感恩上苍让我在最美好的年华遇见先生，令我度过了一段如大观园中美好诗意、无忧无虑的岁月。有时候我胡闹、任性，兼过分地不自信，一直以来先生都如兄长般爱护并包容着不谙世事的我，让我在短时间内较快成长。谢谢先生在我最艰难困苦的岁月里让我辅助他创作，教我作文，使我知道原来自己那么热爱文学，知道原来自己也可以轻松写作。这令我找到了自己的兴趣爱好，更让我自信了不少。先生如同我的再生父母，对我恩重如山，目前我还没有能力报答一二，这将化作我前行的动力，以图他日回报先生的涌泉之恩。

最后，愿读者朋友们喜欢“岁月深处”丛书，并从书中受益。

哪怕有一个人因为这本书有稍许改变，或从中获得启迪，那么一切都是值得的。

二零二三年中秋国庆双节来临之际

王显兰写于红岩小镇陋室窗前